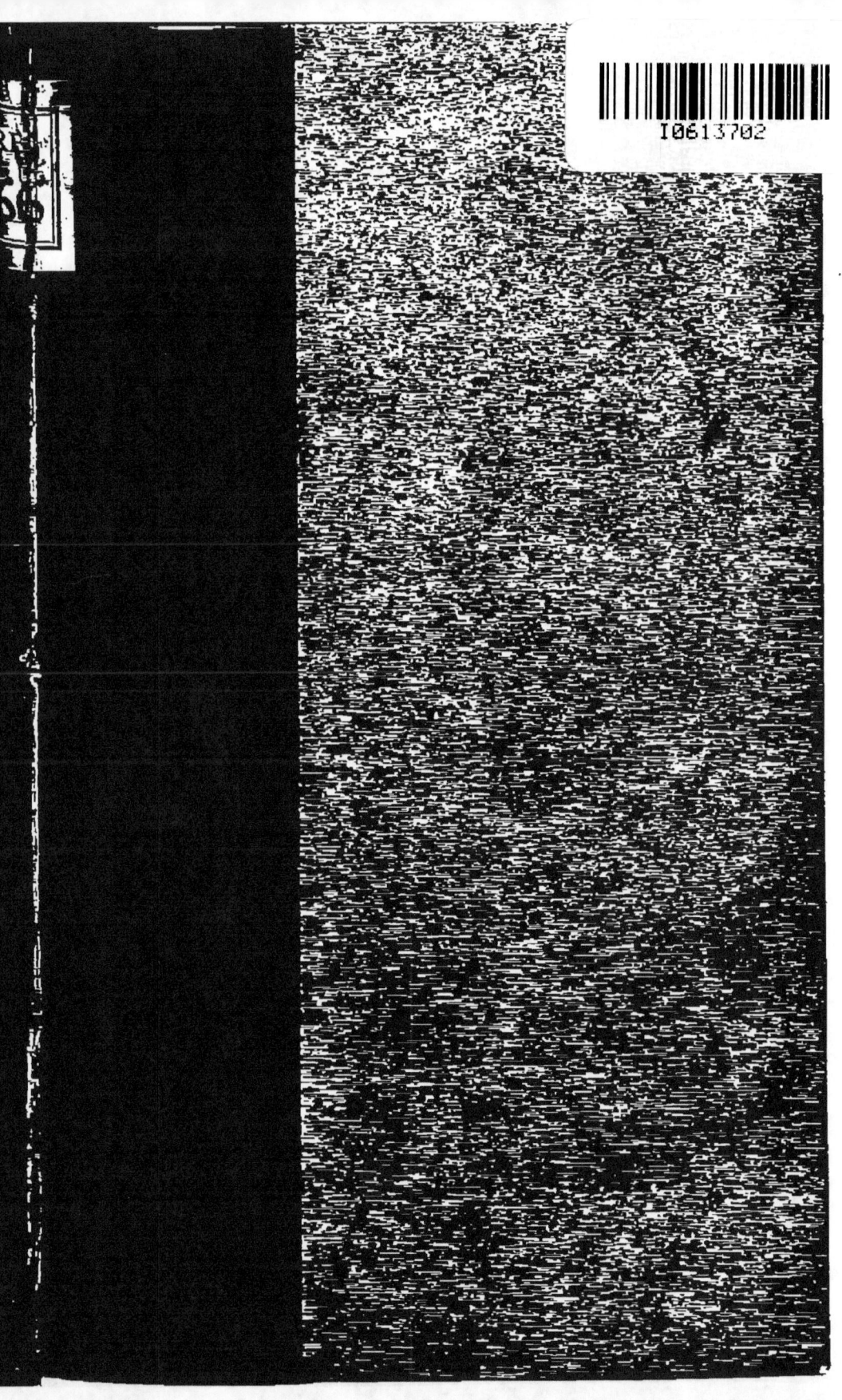

IU-KIAO-LI,

OU

LES DEUX COUSINES.

——

TOME II.

PARIS, IMPRIMERIE DE GAULTIER-LAGUIONIE.

Tom. II. P. 148.

LA GALERIE DES FLEURS.

IU-KIAO-LI,

OU

LES DEUX COUSINES;

Roman Chinois,

TRADUIT

PAR M. ABEL-RÉMUSAT;

PRÉCÉDÉ D'UNE PRÉFACE

OÙ SE TROUVE UN PARALLÈLE DES ROMANS DE LA CHINE
ET DE CEUX DE L'EUROPE.

TOME SECOND.

PARIS,

MOUTARDIER, LIBRAIRE,

RUE GÎT-LE-COEUR, N° 4.

1826.

IU-KIAO-LI,

ou

LES DEUX COUSINES.

CHAPITRE V.

UN PAUVRE BACHELIER REFUSE D'ÉPOUSER UNE RICHE DEMOISELLE.

Une vaine curiosité coûtera mille regrets au jeune lettré,
Se sera-t-il bien exactement informé du vrai, du faux ?
L'homme pénétrant trouvera un sujet de joie dans les paroles
  échappées aux génies ;
Et l'étourdi regrettera la confiance qu'il aura mise à des discours
  en l'air.
Il y a des lacunes dans la conduite même de l'homme le plus sage.
Ses paroles, quelque mesurées qu'elles soient, donnent lieu à des
  malentendus,
Et pourtant, nous nous fions au rapport de nos oreilles ;
La vérité, l'erreur, n'ont pas d'autre fondement dans notre esprit.

La réputation de Sse Yeoupe s'était considérablement accrue, depuis qu'il avait été désigné pour la première place du concours. On admirait en lui un âge si peu avancé, un talent déjà si distingué, et les agréments peu communs de

la figure. Tous ceux qui avaient des filles
auraient désiré qu'il devînt leur gendre. De son
côté, Sse Yeoupe se livrait à des réflexions qui
le faisaient soupirer. « Des cinq sortes de re-
lations qui règlent la vie de l'homme (1), se
disait-il à lui-même, les deux premières n'exis-
tent pas pour moi: une mort prématurée m'a
enlevé mon père et ma mère, et je n'ai point de
frères. Pour ce qu'un sujet doit à son prince,
un ami à son ami, il faut attendre qu'il se
présente des occasions de le remplir. Si je n'é-
pouse une femme accomplie, d'une beauté parfaite, digne d'être ma compagne, que sera Sse
Yeoupe dans ce monde? A quoi lui servira-t-il
d'avoir donné tant de temps à l'étude et à la
poésie, d'être devenu lui-même un poète? livré tout entier à de vaines imaginations ou à
des sentiments sans objet, quel sera mon refuge!
La mort même ne m'offrira aucune consolation (2). »

(1) Ces cinq devoirs sont ceux du fils envers son père,
du frère envers son frère, du mari à l'égard de sa femme,
du sujet envers son prince, et de l'ami à l'égard de son
ami.

(2) Les consolations que la mort offre à un Chinois
consistent dans la certitude que les enfants qu'il laisse
après lui rempliront avec exactitude les devoirs funé-

Tout occupé de ces idées, lorsqu'on vint lui faire des propositions de mariage, il prit des informations, et le résultat en ayant été peu favorable aux personnes dont il s'agissait, il ne balança pas à les refuser toutes. Ceux qui se virent ainsi rebutés finirent par se rebuter à leur tour. Le docteur Gou fut le seul qui, à cause de la commission que lui avait laissée Pe Thaïhïouan, craignit de manquer une si belle occasion de lui donner pour gendre un homme de mérite, et ce fut par ce motif qu'il chargea Lieouiutching d'aller parler à Sse Yeoupé.

Lieouiutching ne mit aucun retard à s'acquitter des ordres du docteur Gou. Il vint trouver Sse Yeoupe, et après quelque préparation, il lui expliqua le motif de sa visite.

— « Il y a déjà une entremetteuse qui est venue, ces jours derniers, me parler à ce sujet, répondit Sse Yeoupe ; je lui ai exprimé mon refus de la manière la plus positive. Comment se fait-il, monsieur, que vous preniez encore une fois la peine de venir pour la même affaire ? Je dois naturellement beaucoup de déférence à vos sa-

raires d'où dépend la tranquillité des mânes. On a parlé de ces préjugés chinois dans la préface.

ges avis ; mais j'ai déjà pris ma résolution. Je ne
puis absolument pas vous obéir. »

— « Le seigneur Gou est l'un des respecta-
bles habitants des jardins académiques, reprit
Lieouiutching. Par ses biens, il est le premier de
la ville. Il aime tendrement sa fille, il la chérit
à l'égal des perles et des pierres précieuses. Je
ne sais combien de jeunes gens des premières
maisons de la ville, et décorés de la ceinture,
sont venus la lui demander : il les a tous refu-
sés. Mais touché de votre mérite et des agréments de votre figure, il veut au contraire
qu'on insiste auprès de vous. C'est, au reste, le
parti le plus avantageux du monde sous tous
les rapports : comment se peut-il que vous vous
y refusiez avec tant d'obstination ? »

— « De toutes les affaires humaines, répartit Sse Yeoupe, la première et la plus importante est le mariage. Mais si les talents et les
qualités extérieures ne sont pas bien assortis,
c'est véritablement un esclavage auquel on est
condamné pour toute la vie. Doit-on prendre
un pareil engagement à la légère ? »

Lieouiutching se mit à rire : « Mon frère,
dit-il, ne vous formalisez pas de ce que je vais
vous dire. Sans doute vous venez d'avoir un

grand succès dans votre examen ; mais c'est une gloire de quelques heures, qui n'empêche pas que vous ne soyez un pauvre bachelier. Comment pouvez-vous imaginer que la fille d'un académicien ne soit pas pour vous un parti sortable, pour ne rien dire de plus? Sans parler de sa beauté, sans dire qu'elle est comme une fleur et pareille au jaspe, son rang, monsieur, et sa richesse, si vous voulez en prendre possession, sont un assaisonnement que chaque jour vous savourerez davantage (1). »

— « Il est inutile que vous mettiez en avant ces deux mots de rang et de richesse, mon frère. Nous avons déjà quelqu'accès dans le bosquet de là littérature, et je me flatte que nous ne serons pas long-temps pauvres et inconnus ; mais je ne sais si, dans toute ma vie, je serai assez heureux pour trouver la femme accomplie qui serait vraiment digne d'être aimée. »

— « Voilà qui est encore plus plaisant! dit Lieouiutching. Puisque vous doutez si peu de la richesse et du rang qui vous attendent, avez-vous jamais vu un homme opulent et de

(1) Plus littéralement : Ce sera comme si, chaque jour, vous aviez de la soupe jaune aux racines.

distinction. chercher une femme aimable et n'en pas rencontrer ? »

— « Mon frère, reprit en riant Sse Yeoupe, n'accordez pas tant d'estime aux honneurs et aux biens, et ne faites pas si peu de cas des femmes aimables. Autrefois comme aujourd'hui, tout homme qui s'est distingué par ses talents a pu acquérir de la fortune et mériter un rang élevé. Mais y a-t-il jamais eu beaucoup de femmes aimables et d'une beauté parfaite ? Si le talent va sans la beauté, je n'appelle pas celle qui le possède une femme accomplie. Si la beauté est dépourvue de talent, ce n'est pas non plus une femme parfaite à mes yeux. Et si le talent même et la beauté se trouvaient réunis dans une personne dont, au reste, les goûts et les sentiments ne s'accorderaient pas avec les miens, comme les battements du pouls, ce ne serait pas encore là la femme aimable qu'il faut à Sse Yeoupe. »

— « Vous êtes fou, mon frère ! s'écria Lieouiutching, avec un grand éclat de rire. Si c'est une femme aimable de cette espèce qu'il vous faut, c'est parmi les chanteuses et les courtisanes que vous devez l'aller chercher. »

— « Je pense en cela comme le prince de la littérature, répondit Sse Yeoupe. L'union formée par l'harmonie des cœurs est ce qui prépare le bonheur de deux époux à cheveux blancs; sans cesse occupés à veiller l'un sur l'autre (1). Quand je m'en rapporte aux saines maximes de la haute antiquité, qu'est-il question de courtisanes et de chanteuses ? »

— « Mon frère, ne perdez pas votre temps à répéter ces vaines maximes de la haute antiquité pour négliger le bien réel que vous avez devant les yeux, » dit Lieouiutching.

— « Soyez tranquille, mon frère, répliqua Sse Yeoupe. J'en ai déjà fait le serment. Si je ne rencontre pas la femme accomplie dont je vous ai parlé, mon parti est pris de ne me marier de ma vie. »

Lieouiutching fit un nouvel éclat de rire : « Ainsi donc, dit-il, si sa majesté vous appelait pour vous donner une princesse de sa maison, vous vous y refuseriez ? Voilà assurément le dessein le plus judicieux du monde ! Avec tout cela, mon frère, gardez-vous de tenir à une résolution qui, en vous faisant manquer une pareille occasion, vous engage dans une route

(1) C'est une expression de Confucius en parlant des époux qui ont vieilli dans la jouissance du bonheur conjugal, *têtes blanches*, dit-il, *qui veillent l'une sur l'autre*.

où vous pourriez trouver le repentir à moitié chemin. »

— « Je ne m'en repentirai pas, bien certainement, » répondit Sse Yeoupe.

Lieouiutching se vit obligé de prendre congé de lui et d'aller rendre compte de sa démarche au docteur Gou. Quand celui-ci eut appris que Sse Yeoupe avait obstinément refusé sa proposition, il entra dans une grande colère, et s'emportant en injures : « Quoi ! s'écria-t-il, ce petit animal se donne de pareils airs ! Parce qu'il a obtenu la première place à l'examen, il croit pouvoir tenir une conduite aussi inconvenante, aussi contraire aux lois de la politesse ! nous verrons si ce grade de bachelier dont il est enorgueilli est une chose aussi solidement terminée qu'il l'imagine. »

En finissant ces mots, il se mit à écrire à l'examinateur, et après lui avoir fait part de ce qui venait de se passer, il lui demanda de retirer à Sse Yeoupe le rang éminent qu'il lui avait accordé à l'examen. Cet examinateur, dont le nom de famille était Li, et le surnom personnel Meouhio, était du même âge et du même collége que le docteur Gou. A la vue de la demande que celui-ci lui adressait, il éprouva le désir de lui donner satisfaction. Toutefois, touché du mérite et des qualités de Sse Yeoupe, auquel il n'avait aucun reproche à adresser, il eût voulu lui sauver cette mortification. Mais entièrement dévoué aux volontés de Gou, il prit le parti d'envoyer chercher le principal du collége et de le charger secrètement de prévenir Sse Yeoupe, en lui faisant part des intentions qu'on avait à son égard, pour l'obliger à se prêter aux propositions de mariage du docteur Gou, et à lever ainsi l'obstacle qui allait s'opposer à sa promotion. Le principal ayant reçu ces ordres, fit sur-le-champ inviter Sse Yeoupe à se rendre à son cabinet, et lui rendit compte de tout ce qui venait de se passer.

— « Je remercie mes dignes maîtres des marques de bienveillance qu'ils m'accordent, répondit Sse Yeoupe. Votre disciple devrait sans doute exécuter les ordres qu'il plaît à son maître de lui donner, mais j'ai quelques motifs particuliers, que je ne puis déclarer devant vous ; tout ce que j'ose vous demander, quand vous verrez le seigneur examinateur, c'est, à tout prix, de lui faire agréer mon refus. Je vous en saurai infiniment de reconnaissance. »

— « Vous avez tort, mon jeune ami, répli-

qua le principal, vous avez vingt ans ; c'est le
moment de songer à votre établissement. Le
seigneur Gou a l'extrême bonté de vous rechercher, et de faire les premières démarches : c'est
pour vous l'affaire la plus heureuse du monde.
Je ne vous parle pas de la richesse et du rang du
seigneur Gou : votre mérite distingué peut
vous les faire voir avec indifférence. Mais j'ai
ouï dire que sa fille est douée de tous les attraits,
de tous les talents imaginables. Quand vous
vous feriez quelque violence pour répondre à
ses vues, je ne vois pas qu'il en pût résulter de
dommage pour vous. Quel motif peut vous
porter à un refus si obstiné ? »

— « Je ne chercherai point à imposer à mon
respectable maître, répondit Sse Yeoupe ; j'ai
déjà pris les informations les plus précises au
sujet de sa fille, et c'est ce qui fait que je ne
puis absolument pas me soumettre aux désirs
du docteur Gou. »

— « Si vous vous y refusez, mon jeune ami,
il serait difficile de vous contraindre. Mais le
seigneur Gou est contemporain et condisciple
du seigneur examinateur, et a par conséquent
beaucoup d'influence sur son esprit. Si l'affaire
ne se conclut pas à son gré, j'ai peur, mon

mée par l'harmonie des cœurs est ce qui prépare
le bonheur de deux époux à cheveux blancs,
sans cesse occupés à veiller l'un sur l'autre (1).
Quand je m'en rapporte aux saines maximes de
la haute antiquité, qu'est-il question de courtisanes et de chanteuses ? »

— « Mon frère, ne perdez pas votre temps à
répéter ces vaines maximes de la haute antiquité pour négliger le bien réel que vous avez
devant les yeux, » dit Lieouiutching.

— « Soyez tranquille, mon frère, répliqua
Sse Yeoupe. J'en ai déjà fait le serment. Si je
ne rencontre pas la femme accomplie dont je
vous ai parlé, mon parti est pris de ne me marier de ma vie. »

Lieouiutching fit un nouvel éclat de rire :
« Ainsi donc, dit-il, si sa majesté vous appelait
pour vous donner une princesse de sa maison,
vous vous y refuseriez ? Voilà assurément le
dessein le plus judicieux du monde ! Avec tout
cela, mon frère, gardez-vous de tenir à une résolution qui, en vous faisant manquer une pareille occasion, vous engage dans une route

(1) C'est une expression de Confucius en parlant des
époux qui ont vieilli dans la jouissance du bonheur conjugal, *têtes blanches*, dit-il, *qui veillent l'une sur l'autre.*

Comme il était dans cette indécision, le bruit d'un de ces bâtons creux que portent les gardes de nuit annonça la gazette, et l'un des huissiers vint en apporter un exemplaire à l'examinateur. Celui-ci la prit et en la parcourant il vit un article relatif aux récompenses et promotions accordées à des officiers qui avaient rendu d'importants services : à un maître des cérémonies qui, pour sa belle conduite, était promu au grade de conseiller à la cour des ouvrages publics. C'était Pe Hiouan qui, envoyé hors des frontières de l'empire pour remplir une mission au camp des Tartares, et complimenter l'empereur captif, s'était acquitté avec honneur de cette double commission ; de retour à la cour, on avait reconnu ses services en lui accordant effectivement le rang de conseiller au ministère des ouvrages publics. En même temps, le mauvais état de sa santé l'avait obligé de solliciter un congé, et on lui avait accordé la permission de prendre la poste et de revenir dans son pays, pour s'y rétablir, son service ne l'appelant pas en ce moment dans la capitale.

Dans un autre paragraphe du même article, l'inspecteur-général Yang Tchaothing, présenté au nombre des magistrats recommandables par leurs services, était élevé au rang de conseiller de seconde classe avec une augmentation d'appointements. Un troisième paragraphe, consacré aux membres de l'Académie impériale, annonçait que les magistrats chargés de la direction de ces assemblées littéraires que l'empereur honore de sa présence ayant été appelés à d'autres fonctions, Gou Kouëi et quelques autres étaient mandés à la cour pour succéder à cette charge : les décrets relatifs à toutes ces nominations avaient été rendus par l'empereur.

Lorsque Li l'examinateur vit que Gou était promu en dignité et appelé à la cour, et que Pe Hiouan, son parent, était dans un moment de faveur, il jugea que ni l'un ni l'autre ne jeteraient plus les yeux sur Sse Yeoupe, et aussitôt il envoya au collége un placard sur lequel on lisait ces mots :

« Moi Li, inspecteur du collége et examinateur, j'ai pris des informations au sujet de l'élève Sse Yeoupe, et j'ai su qu'il était d'un caractère intraitable et obstiné, plein de confiance en son propre mérite, et de bonne opinion de lui-même, orgueilleux et impoli. Je devrais prendre à son égard des mesures sévères; mais

la commisération que m'inspire sa jeunesse
m'engage à me contenter de rayer son nom de
la liste des candidats, et de ne pas lui permettre de se présenter à l'examen. Voilà ce qui
m'a paru convenable. »

Quand le placard eut été apporté au collége,
et que les bacheliers eurent connaissance de
l'affaire, elle excita parmi eux une grande ru-
meur et beaucoup d'agitation. Toutes leurs con-
versations roulaient sur ce qu'ils venaient d'apprendre. Il y en eut qui se moquèrent de la
simplicité de Sse Yeoupe ; d'autres qui exal-
tèrent la noblesse et l'élévation de son caractère ; quelques-uns, plus particulièrement liés avec
lui, le gourmandèrent vivement : « Pourquoi,
lui dirent-ils, n'avoir pas accédé à cette proposition de mariage ? quelle raison de refuser l'alliance d'un magistrat distingué par son rang ?
c'est sans doute ce refus qui vous a fait retirer
votre grade de bachelier. Vous devriez faire
une réclamation écrite, et aller la porter à l'examinateur. »

A cette proposition Sse Yeoupe se récria :
« C'est cette première place sur la liste des candidats qui m'a valu tout ceci, répondit-il ; aujourd'hui, s'il faut laisser tomber mon bonnet

de bachelier, mes oreilles n'en seront pas moins nettes. Quel sujet aurais-je de m'affliger? Vos exhortations, messieurs, sont ici tout-à-fait superflues. »

Quand les jeunes condisciples de Sse Yeoupe virent comment celui-ci prenait les choses, ils se décidèrent à le quitter Ainsi:

Trois parties d'obstination et sept d'imprudence
Fermentent ensemble pour former le caractère du poète.
Il dédaigne de s'expliquer avec les gens du monde;
Un ami seul peut percer le voile de son silence.

Laissons pour quelque temps Sse Yeoupe, et parlons maintenant du docteur Gou. Tout irrité qu'il s'était montré d'abord, il n'apprit pas que Sse Yeoupe avait été privé de l'avantage de son examen, sans former le dessein de le lui faire rendre quelques jours après. Mais sur ces entrefaites, il reçut la nouvelle des honneurs que Pe venait d'obtenir à son retour, ainsi que celle de sa propre nomination et de son rappel à la cour. Il s'empressa d'en venir faire part à Woukiao, et au milieu de la joie qu'en éprouva toute la famille, l'affaire de Sse Yeoupe lui sortit entièrement de la mémoire.

En recevant son brevet, Gou se serait sur-le-champ mis en route pour la capitale; mais il voulait avoir une entrevue avec Pe, et remettre entre ses mains la demoiselle Woukiao dont la garde lui avait été confiée. Il prit donc le parti de l'attendre chez lui, et d'envoyer en même temps quelqu'un à sa rencontre pour le prévenir.

De son côté, Pe, qui venait effectivement d'être nommé par un décret conseiller du ministère des ouvrages publics, prit la poste sans délai, pour revenir dans le village où il faisait sa demeure. Il garda *l'incognito* sur toute la route, et étant, en moins d'un mois, arrivé à Kinling (1), il vint descendre chez Gou. Celui-ci eut la plus grande joie de le revoir, et Pe répondit à son accueil par les marques de la plus vive affection.

Après les premiers compliments, les deux amis entrèrent dans l'appartement intérieur et l'on fit avertir la demoiselle Woukiao de venir voir et saluer son père. Rien n'égale la joie qu'ils éprouvèrent à se trouver réunis. Gou avait fait préparer un repas, et après avoir offert à Pe le coup du voyageur (2), il se mit à boire

(1) Nanking.
(2) Littéralement *pour laver la poussière.*

avec lui. Ce fut alors qu'il demanda à son beau-
frère des détails sur la mission que celui-ci
venait de remplir en Tartarie.

Pe laissa échapper un soupir : « Il n'y a rien à
faire pour le service de l'empereur, dit-il.
Quand je reçus ma commission, il y a quelque
temps, il devait être question d'aller au devant
de l'empereur captif; mais les lettres de créance
qui me furent remises ne parlaient que des informations à prendre sur la santé de ce prince,
et des vêtements d'hiver que je devais lui offrir;
du reste pas un mot sur son retour. L'empereur fut très-mortifié de cette circonstance, et
Yesian, m'ayant pressé de questions, me mit
dans le plus grand embarras. Tout ce que je
pus lui dire fut que le retour de l'empereur
captif était naturellement l'objet des vœux de
notre gouvernement ; mais que comme on
ignorait si le prince tartare serait disposé à y
consentir, on n'avait pas osé toucher ce point
dans les lettres de créance, et qu'on m'avait
seulement chargé d'en conférer verbalement
avec le général. Cette réponse ne satisfit nullement Yesian, et tout en consentant à traiter
de la paix, il nous dit que pour l'autre objet il
ne suffisait pas d'une conférence verbale ; que

puisque les lettres de créance ne parlaient pas
du retour de l'empereur captif, il ne pouvait
de son côté consentir au départ de ce prince;
que s'il agissait différemment, il s'exposerait
au mépris du royaume du milieu; qu'il fallait
qu'on envoyât quelqu'autre personne pour cette
négociation, et que pour lui, on le trouverait
toujours dans les mêmes dispositions. Quand
nous avons rendu compte de ce résultat de
notre mission, la cour en a été un peu décon-
certée; mais on n'a pu se dispenser de députer
Yangchen pour conclure. »

— « Et croyez-vous, demanda Gou, que
l'intention de Yesian soit véritablement de consentir au départ du prince captif? »

— « Autant que je puis en juger, il a véritablement cette intention; et si Yangchen va
en Tartarie, l'empereur captif ne peut guère
manquer de revenir à la cour; mais j'ai peur
que ce retour ne mette l'empereur régnant
dans un grand embarras, et c'est ce qui m'a
engagé à prétexter une maladie et à solliciter
promptement un congé, pour ne pas me
trouver compromis dans toutes ces intrigues.
Ce n'est pas le soin de ma conservation qui
m'a engagé à la retraite; mais les choses en

sont venues à un point, que ce n'est pas un seul homme qui pourra y porter remède. »

— « Mon frère, répartit Gou, vous venez cette fois d'endurer le vent et la bruine, le danger et la fatigue. Vous n'avez pu vous en préserver; mais la manière dont vous vous êtes acquitté de cette importante mission honore votre caractère et met le sceau à votre réputation. Pour moi, le décret que je viens de recevoir me rappelle à la cour; je ne puis me dispenser de rentrer dans le filet: comment en sortirai-je ? »

— « Vous êtes, mon frère, répondit Pe, une plante des jardins académiques; vous devez y croître et y grandir. Vous avez d'ailleurs pour ressource les examens généraux, et tôt ou tard vous ne pouvez manquer d'obtenir quelque mission. Vous ne devez avoir aucun sujet d'inquiétude à cet égard. »

— « Je l'espère, dit Gou. Mais, dites-moi, pourrons-nous, à l'avenir, nous trouver avec le vieux Yang ? »

Pe se mit à rire : « Quel homme sans cœur et sans caractère! dit-il. A peine étais-je arrivé dans la capitale, qu'il est accouru deux ou trois fois pour me faire ses excuses. Le décret qui a proclamé mes services et augmenté mes appointements, n'a fait que redoubler son zèle et son affection pour moi. Il m'a adressé invitations sur invitations ; et lorsqu'à mon départ de la capitale j'ai reçu le repas public, il est venu m'en offrir un autre en particulier. Quand j'ai vu qu'il prenait les choses de cette manière, malgré la mine que je lui faisais, je n'ai pu m'empêcher de boire et de me réjouir avec lui comme auparavant, et je n'ai pas trouvé de meilleure manière de le mortifier qu'en ne lui parlant de rien. »

— « C'est très-bien, reprit Gou en riant, de le mortifier en ne lui parlant de rien ; mais je trouve qu'il mériterait d'être mortifié à coups de bâton. »

Les deux amis restèrent à table et se divertirent ainsi une partie du jour. Le soir, Gou retint Pe à coucher ; mais le lendemain Pe voulut partir : « J'ai prétexté une maladie pour retourner chez moi, dit il, je n'oserais rester ici plus long-temps ; je craindrais de donner occasion à des caquets. »

— « Sans doute, répondit Gou, c'est ce que vous devez éviter ; mais il n'y a pas d'inconvénient à ce que vous restiez ici deux ou trois jours. Songez qu'après ceci nous ignorons quand nous pourrons nous revoir. »

— « Eh bien ! dit Pe, je resterai encore aujourd'hui ; mais demain, il faut absolument que je parte. »

— « A propos, reprit Gou, en riant, il s'est passé ces jours derniers quelque chose d'assez plaisant ; je n'ai pas encore pu vous le raconter. »

— « Qu'est-ce donc ? demanda Pe. »

— « Je suis allé, il y a quelque temps, voir les pruniers en fleur, auprès du temple de la vallée des Immortels. Là, j'ai fait la rencontre d'un jeune bachelier qu'on nomme Sse Yeoupe, très-bien de sa personne, sachant composer d'excellents vers, en un mot rempli de mérite et de capacité. J'ai fait prendre des informations ; il s'est trouvé que l'examinateur Li lui avait donné la première place sur la liste du concours qu'il a présidé. J'ai pensé que ce pouvait être un bon parti pour ma nièce. Je lui ai envoyé une entremetteuse, ensuite un ami commun ; on y est allé deux ou trois fois. J'ignore quel motif il a eu ; mais il n'a jamais voulu accéder à ma proposition. Ne pouvant surmonter sa résistance, je me suis avisé d'écrire à l'examinateur Li, pour

le prier de venir à mon aide. L'examinateur a
fait connaître ses intentions au principal du collége. Celui-ci a parlé au jeune Sse, et lui a con-
seillé de se prêter à cette affaire. Croiriez-vous
que ce petit obstiné n'a rien voulu écouter?
Quand l'examinateur a vu qu'il était intraitable,
il lui a retiré la première place qu'il lui avait as-
signée. Eh bien! ce jeune homme n'a pas témoi-
gné le moindre regret. Avez-vous jamais vu
une affaire plus plaisante? »

Ce récit causa quelque surprise à Pe. « Voila
qui est bien singulier! dit-il; quelque mérite et
quelques agréments qui distinguent ce jeune
homme, la fermeté de sa conduite le rend plus
respectable encore à mes yeux. Les hommes de
talent ont chacun leur manière de voir, et ils ne
doivent pas se faire de violence les uns aux
autres. Il faut, mon frère, que dès demain vous
alliez trouver l'examinateur Li pour qu'il réta-
blisse ce jeune bachelier dans le rang dont il a
été privé. »

— « Rien n'est plus aisé, reprit Gou. Il est
tout naturel de lui rendre sa place sur la liste
du concours. »

Les deux beaux-frères causèrent ainsi quelque temps de leurs affaires, et la journée se

passa dans cet entretien. Mais le troisième jour
Pe voulut absolument partir. Il emmena avec
lui sa fille Houngiu, et après avoir fait ses remercîments au docteur Gou, il prit la route de
Kinchi. De son côté, Gou se prépara à se rendre à la capitale. Ainsi :

Au lieu d'un fragment de verre brisé,
On trouve un vêtement décoré d'une riche broderie.
Cet autre croit sa gloire littéraire obscurcie ;
Mais qui peut savoir si c'est une apparence ou une réalité.

Depuis que Sse Yeoupe s'était vu retirer les
fruits de son examen, il passait son temps chez
lui à boire, à faire des vers, à célébrer les
saules et les fleurs. Quoiqu'il ne fût ni avide de
renommée, ni fort touché de sa pauvreté, il ne
pouvait rencontrer un beau site, sans se sentir
ému et sans éprouver le regret de ne pas avoir
une compagne digne de lui, et souvent seul,
livré à ses pensées, il tombait dans des accès de
mélancolie et de découragement. Les gens qui
savaient combien il était difficile dans le choix
d'une épouse, et qui ne reconnaissaient eux-mêmes à leurs filles que des qualités ordinaires,
avaient cessé de venir lui parler de mariage.
Lui de son côté avait renoncé à ses recherches,

persuadé que l'aimable objet de ses désirs n'exi-
stait pas dans la ville.

Un jour que le printemps brillait dans tout
son éclat, il lui prit fantaisie d'aller de bon
matin hors de la ville, prendre le divertissement de la promenade, en rêvant à quelque sujet de poésie. Au moment même où il passait le
seuil de sa porte, il aperçut plusieurs hommes
habillés de bleu et coiffés de grands bonnets,
montés sur des chevaux de poste. Tout en suivant la rue, l'un d'eux demanda à un passant
dans quelle maison demeurait M. Sse.

— « Dans celle-ci, répondit quelqu'un, et
vous le voyez lui-même, debout devant la
porte. »

Les cavaliers descendirent avec empressement
de leurs chevaux; et s'approchant au-devant de
lui : « Monsieur, lui dirent-ils, permettez-
nous de vous demander si vous seriez M. Sse,
fils du seigneur Sse Hao? »

— « C'est moi-même, répondit Sse un peu
surpris. Mais, messieurs, quel motif vous
amène? »

— « Nous sommes, dirent-ils, envoyés par
sa seigneurie l'inspecteur général Sse, de la
province de Honan. »

— « Je pense, dit Sse Yeoupe, que c'est de mon oncle paternel que vous voulez parler. »

— « De lui-même, » répliquèrent-ils.

— « Cela étant, messieurs, je vous prie d'entrer chez moi, pour que nous puissions nous entretenir ensemble. » Ils se rendirent à l'invitation de Sse Yeoupe et le suivirent dans son appartement. Là, ils se mirent en devoir de le saluer de la manière qui convient à des inférieurs.

— « Un instant ! messieurs, dit Sse Yeoupe. Êtes-vous des domestiques de la maison de mon oncle, ou des employés de son bureau ? »

— « Nous sommes des courriers du gouvernement qu'il a dépêchés, » répondirent-ils.

— « En ce cas, messieurs, vous êtes employés à un service public : ce n'est point ici le cas d'une salutation en forme. Vous ne me devez qu'une révérence ordinaire. »

Après ces complimens il invita ses hôtes à s'asseoir, et leur demanda où était actuellement le seigneur son oncle.

— « A son retour d'une course d'inspection qu'il a faite dans la province de Houkouang, il se rend à la cour pour prendre de nouveaux ordres de l'empereur ; et il est dans ce moment à bord d'une barque, à l'embouchure du fleuve. Il désire, monsieur, vous emmener avec lui à la capitale, et c'est pour cela qu'il nous a chargés de vous apporter sa lettre et de venir vous chercher. » Et aussitôt ils tirèrent une lettre qu'ils remirent à Sse Yeoupe. Celui-ci l'ouvrit et y lut ce qui suit :

« Un pauvre oncle fait mille salutations à son cher neveu, et lui adresse la présente lettre :

« Les affaires de l'état m'entraînent dans des courses perpétuelles, et me font passer sans cesse de l'orient à l'occident. Elles nous ont tenus éloignés l'un de l'autre, nous qui sommes comme la chair et les os. Cette pensée est pour moi un sujet d'affliction.

« En apprenant, il y a quelques années, que ma belle-sœur avait quitté ce monde, j'ai été saisi de la plus vive douleur. Mais ce fut une grande consolation de savoir que vous faisiez dans vos études des progrès proportionnés à votre âge. J'ai maintenant soixante-trois ans. Je sens que je commence à approcher du tombeau (1). C'est un soir qui ne doit pas être suivi

(1) Il y a dans le texte : *Je vais entrer parmi les mûriers et les ormes.* Ce sont les arbres que l'on plante au-dessus des sépultures.

d'un matin ; car je n'ai pas d'enfants. Vous qui
pouvez un jour vous faire un nom dans les
lettres, vous avez perdu votre père et votre
mère ; votre état d'orphelin vous condamne à
une vie solitaire. Pourquoi ne viendriez-vous
pas vous réunir à moi ? Comme vous verriez en
moi un père, je trouverais en vous les sentiments d'un fils, et nous aurions, l'un dans
l'autre, notre appui et notre consolation mu-
tuelle : voilà l'affaire que votre oncle a le plus
à cœur ; ne doutez pas que feu mon frère et
ma belle-sœur n'y donnent un entier assenti-
ment du fond de leur sépulture : ne balancez
donc pas, mon cher neveu. Les gens que je
vous envoie prendront soin de vos bagages et
viendront avec vous. Je vous attendrai à bord
de ma barque, où je vous en dirai davantage. »

La lecture de cette lettre fit naître mille
pensées dans l'esprit de Sse Yeoupe. Sa maison
appauvrie et tombée en décadence ; son grade
de bachelier qui venait de lui être enlevé ; tout
espoir d'alliance à-peu-près anéanti : voilà des
circonstances qui lui rendraient peu agréable
le séjour qu'il avait habité jusque-là. Ne valait-
il pas mieux suivre son oncle paternel, et faire

avec lui un voyage à la cour? Ce n'étaient pas
les richesses et le rang de cet oncle qui le sé-
duisaient. Mais cela même pouvait contribuer
à lui faire découvrir l'objet dont il était occupé,
cette femme accomplie qui comblerait tous ses
vœux.

Ce dernier point fixa sa résolution ; il s'a-
dressa aux envoyés de son oncle : « Messieurs,
dit-il, votre seigneur me fait demander ; il veut
rapprocher la chair et les os ; je ne puis me
refuser à son désir. Mais il y a bien loin d'ici
à l'embouchure du fleuve, je crains que nous
ne puissions arriver aujourd'hui. »

— « Notre seigneur est pressé; il vous attend
pour lever l'ancre. D'ici à l'embouchure du
fleuve, il n'y a que soixante milles (1). Nous
avons un cheval : si vous voulez partir de suite,
nous pourrons encore être arrivés de bonne
heure. »

— « Eh bien! messieurs, partez les premiers,
allez retrouver votre seigneur. Je vais en même
temps préparer mon bagage, et je vous sui-
vrai. » En disant ces mots il prit une once d'argent (2) qu'il leur présenta en disant : « Il faut

(1) Six lieues.
(2) Sept fr. cinquante cent.

que nous partions sans délai; je ne puis donc vous offrir de rafraîchissements : voici pour en tenir lieu. »

Les messagers voulaient refuser : « Seigneur, dirent-ils, vous êtes de la famille de notre maître. Nous ne saurions accepter votre présent. »

— « Ce n'est qu'une bagatelle, messieurs, ne perdons pas le temps qui nous reste. »

Les messagers consentirent enfin à accepter l'argent et, d'après les ordres de Sse Yeoupe, ils prirent les devants, en lui laissant un bon cheval pour son usage. Aussitôt après, Sse Yeoupe manda un vieux domestique, qui se nommait Sse Cheou. Il lui enjoignit de rester à la maison et de veiller avec soin sur tout ce qu'il y laissait. Il fit ensuite choix de quelques habits et des objets nécessaires pour la route, et les ayant distribués en deux paquets, il les envoya devant lui par un autre domestique qu'il chargea de les porter jusqu'à l'embouchure du fleuve. Lui-même ne prit avec lui qu'un petit valet nommé Siaohi, et après avoir donné tous ses ordres, il monta à cheval et voulut partir.

Par un hasard fâcheux, son cheval se trouva rétif et fringant, il sentit dès le premier instant que Sse Yeoupe n'était pas un cavalier expéri-

menté, qui n'avait pas même de fouet, et il
sembla avoir pris le parti de ne pas bouger de
place. Sse Yeoupe embarrassé tirait irréguliè-
rement les rênes, tantôt d'un côté, tantôt de
l'autre. Mais l'animal avait à peine fait un pas
en avant, qu'il se cabrait, levait la croupe et
reculait de deux pas. Sse Yeoupe commença à
s'inquiéter sérieusement; s'il allait toujours de
cette manière, combien de temps ne mettrait-
il pas pour arriver au terme de son voyage? Son
domestique Sse Cheou vint à son secours: « Monsieur, lui dit-il, si vous ne frappez pas votre
cheval, comment voulez-vous qu'il aille? vous
aviez autrefois un fouet à poignée de corail,
que ne le prenez-vous avec vous? il n'y a que
la crainte qui fasse marcher un animal. »

— « Tu as raison, j'allais l'oublier, dit Sse
Yeoupe. » Il envoya chercher son fouet, et
quand il fut arrivé, il réprima l'ardeur de
sa monture, en lui donnant plusieurs coups au
moment où elle se cabrait. La douleur la rendit
docile, et elle se vit contrainte d'avancer. Sse
Yeoupe se mit à rire : « Cet animal, dit-il, ne
veut pas marcher qu'on ne le frappe. Il en serait
de même des hommes dans ce monde, s'ils cessaient un seul jour d'être soumis à l'autorité. »

Au moment du départ de Sse Yeoupe, un vent de printemps répandait dans l'air une douce température. Toute la route était couverte de saules en pleine fleur. Sse Yeoupe, monté sur son cheval, ne pouvait se lasser de les considérer, et s'abandonnant en même temps à ses réflexions : « Je n'ai pas été long-temps à me débarrasser de cette alliance avec la famille Gou. Si j'avais prêté la main à ce projet, il aurait donc fallu renoncer à m'occuper de toi, doux objet de mes vœux, que je vais en ce moment chercher jusque dans la capitale même ! — Si je parviens à te saisir, mon bonheur est assuré. Si tu m'échappes, que je serai à plaindre d'avoir conçu une telle idée ! — Si tu n'existes pas dans la capitale, je quitte mon oncle, j'abandonne tout pour te suivre jusqu'aux bornes de l'horizon et aux rivages de la mer. Il faut à tout prix que je te possède. Je ne cesserai de te chercher que quand je t'aurai rencontré. »

Tout occupé de ces idées, il se parlait à lui-même, quand, sans s'en apercevoir, il arriva dans un endroit où le chemin faisait la croix. Tout d'un coup, de l'une des branches de ce carrefour, sortit en courant un homme qui, regardant Sse Yeoupe de la tête aux pieds, dit entre ses dents : « C'est véritablement bien lui : » et saisissant à deux mains la bride de son cheval, il l'arrêta.

Sse Yeoupe qui, dans ce moment, était tout entier à ses réflexions, ne s'attendait pas à cette surprise. Il ne put se garantir d'un mouvement de frayeur, et jetant à la hâte un regard sur celui qui l'arrêtait ainsi, il vit que cet homme avait sur la tête un chapeau pointu de feutre, tout déchiré, et posé de travers, qu'il était vêtu d'une veste de toile bleue en lambeaux, et qu'il avait aux jambes de mauvaises bottines toutes couvertes de poussière. La sueur ruisselait sur tout son corps, comme s'il eût été exposé à la pluie.

— « Qui êtes-vous? lui demanda Sse Yeoupe avec trouble, et pourquoi arrêtez-vous ainsi mon cheval? »

Cet homme, encore haletant de sa course, fut quelque temps à reprendre haleine; il ne put répondre distinctement, et tout ce qu'on entendit, ce fut : « Bien ! je l'ai rencontré tout à point ! »

A ces paroles dépourvues de sens, Sse Yeoupe leva son fouet pour le frapper. « Monsieur, s'écria cet homme à l'instant, ne me frappez pas ; si je ne retrouve pas ma femme, c'est vous qui en êtes la cause. »

Ce discours mit Sse Yéoupe dans une grande colère : « Quel est cet extravagant? dit-il; si ta femme ne se retrouve pas, en quoi cela me concerne-t-il? je ne t'ai jamais vu, ni connu. T'ai-je jamais fait le moindre tort? »

— « Je ne dis pas que ce soit vous qui m'ayez enlevé ma femme. Mais il dépend de vous de me la rendre : c'est une chose bien certaine. »

— « Tu déraisonnes de plus en plus : je suis un passant qui suit sa route, où veux-tu que je trouve ta femme, et comment dis-tu que c'est une chose certaine que cela dépend de moi? je gage que tu n'es qu'un misérable voleur de grand chemin. Comment oses-tu, en plein jour, m'arrêter dans mon voyage? je suis le fils du seigneur Sse, l'inspecteur-général. Prends-bien garde à ne pas chercher quelque méchante affaire. » Et en parlant ainsi, il leva son fouet et en donna plusieurs coups à cet homme, sur la tête et en travers du visage. Siaohi accourut en même temps et se mit à le battre aussi de son côté : plus cet homme se sentait frapper, et plus les paroles qu'il prononçait dans son trouble devenaient inintelligibles. Tout ce qu'on pouvait comprendre au milieu de ses cris, c'était : « Retenez votre main, monsieur! ayez pitié de moi, soyez touché de mon affliction! en vérité, je ne suis pas un misérable! » Mais quoique la douleur tirât des cris de sa bouche, ses mains ne cessaient pas de tenir la bride, et on l'eût tué plutôt que de la lui faire lâcher.

Sur ces entrefaites, des voyageurs et des paysans du village voisin voyant qu'il se passait quelque chose d'extraordinaire entre ces deux hommes, accoururent pour en savoir la cause, et s'amassèrent autour d'eux pour les regarder. Sse Yeoupe criait de toutes ses forces : « Y a-t-il rien d'aussi étrange dans le monde? si tu as perdu ta femme, comment t'adresses-tu à un homme qui passe pour la retrouver? »

— « Je serais bien fâché de vous arrêter, monsieur, mais tout ce que je vous demande, c'est de vouloir bien me donner votre fouet, et ma femme se retrouvera à l'instant même. »

Les assistants se mirent à rire à ces paroles. « Cet homme est un fou, s'écrièrent-ils, que veut-il dire d'une femme perdue qui se retrouvera par la vertu d'un fouet? »

— « Mon fouet a une poignée de corail, et

2.

vaut plusieurs onces d'argent, pourquoi irais-je te le donner? dit Sse Yeoupe, » et sa colère augmentant encore, il leva son fouet pour le frapper de nouveau.

L'homme se mit à crier : « Monsieur! dit-il, attendez! avant de me battre, permettez-moi de vous expliquer une chose. »

— « Suspendez un moment votre courroux, monsieur, dirent les assistants, et permettez-lui de s'expliquer. Nous ne vous retiendrons pas ensuite, si vous voulez le châtier. » Et ils demandèrent à cet homme de quel pays il était, et quelle était son affaire, en lui enjoignant de leur expliquer tout cela en détail.

— « Je suis, répondit-il, du village de Yangkia, près de la petite ville de Tanyang. Mon nom est Yangko. Ces jours derniers j'ai envoyé ma femme à la ville pour retirer des effets que nous avions mis en gage. Des inconnus l'ont enlevée sur la route. J'ai passé toute la journée à la chercher, sans en avoir aucune nouvelle. Ce matin de très-bonne heure, étant au bourg de Keouyoûng, j'ai rencontré un docteur qui sait l'art des prières magiques : je l'ai supplié d'en dire une à mon intention, et il m'a promis qu'aujourd'hui, à trois heures trois

quarts après midi, je retrouverais ma femme. Je
lui ai demandé de quel côté je devais me diriger pour la chercher. Il m'a répondu qu'en al-
lant vers le nord-est, l'espace de quarante
milles (1), je trouverais un carrefour; que j'y
rencontrerais un jeune seigneur, vêtu d'un habit de couleur jaune de saule, et monté sur un
cheval tacheté; que je devais l'arrêter, lui demander le fouet qu'il portait à la main, et qu'a-
lors ma femme se retrouverait; qu'il fallait seulement courir en toute hâte, parce que si je le
manquais d'un seul pas, et qu'il fût déjà passé,
il me serait impossible de la rejoindre jamais.
Muni de cette instruction je suis venu tout
d'une haleine, et à jeun. J'ai fait quarante
milles pour arriver à ce carrefour, et grâce à ma
diligence, j'ai rencontré monsieur, monté sur
son cheval, et dont l'habillement et la figure
répondent parfaitement à la description qu'on
m'en avait faite. Comment douter que ce ne
soit lui qu'on m'a indiqué? j'ai prié monsieur
de faire un acte d'humanité, et de vouloir bien
me donner son fouet, pour que nous puissions,
ma femme et moi, nous voir réunis de nou-

(1) Quatre lieues.

veau, puisque c'est de lui que dépend cette
merveilleuse opération. »

— « Vous perdez tout-à-fait le sens, mon cher
ami ! dit en riant Sse Yeoupe, il n'y a jamais eu
dans le monde de docteur doué de facultés si ex-
traordinaires. Après avoir vu bien distinctement
mon cheval, mon habillement et ma figure,
vous avez forgé ce conte à plaisir, pour m'es-
croquer mon fouet. Comment voulez-vous
qu'on ajoute foi à ce que vous dites? »

— « Je ne serais pas assez hardi pour vouloir
vous en imposer, répondit Yangko; je pense bien
que vous ne vous en rapporterez pas à moi.
Mais vous ne sauriez manquer de croire à toutes
les choses que ce docteur a dites. Il a encore
ajouté que votre voyage avait pour objet la recherche d'un mariage. Cela est-il vrai, ou faux?
vous savez bien, monsieur, à quoi vous en tenir. »

A ces mots de *recherche d'un mariage*, Sse
Yeoupe resta interdit : « Voilà, se dit-il, une
affaire que j'ai tenue si bien renfermée dans
mon sein, que les dieux eux-mêmes n'auraient
pu la découvrir. Comment cet homme a-t-il fait
pour la pénétrer? Il y a donc quelque chose de
vrai dans tout ceci. » Puis s'adressant à Yang-

ko : « Eh bien ! lui dit-il, je consens à vous
donner mon fouet, ce n'est pas une chose de
grande conséquence. Mais il faut qu'aujourd'hui
même je fasse diligence pour arriver à l'embouchure du fleuve, et si je n'ai pas de fouet
mon cheval ne voudra pas avancer; comment
pourrai-je me tirer d'embarras? »

Les assistants, qui avaient trouvé quelque
chose d'extraordinaire dans cette affaire, étaient
tous fort curieux de voir comment le fouet de
l'un ferait retrouver la femme de l'autre, et
s'apercevant à la physionomie de Sse Yeoupe
qu'il était disposé à accorder ce qu'on lui demandait, ils commencèrent à prendre son parti :
« Puisque ce monsieur veut bien consentir à
vous donner son fouet, dirent-ils, vous devriez bien vîte aller lui couper une branche de
saule, pour lui en tenir place. »

Yangko ne demandait pas mieux que de rendre ce service à Sse Yeoupe; mais la crainte
que celui-ci ne profitât du moment pour s'éloigner l'obligeait à rester pour le retenir. Sse
Yeoupe devina son motif, et lui remettant d'a-
vance le fouet : « Puisque je vous l'ai promis,
dit-il, je ne vous manquerai certainement pas
de parole. Allez vîte me couper une branche,

car je suis très-pressé de continuer ma route. »

Yangko prit le fouet en faisant mille protes-
tations de gratitude : « Que de remercîments
je vous dois, monsieur ! lui dit-il, si je parviens
à retrouver ma femme, bien certainement je ne
manquerai pas de vous le reporter. » Et s'étant
relevé, il regarda de côté et d'autre, pour
voir où il pourrait aller cueillir une branche de
saule.

On était alors à la seconde décade de la
deuxième lune (1). Les bords de la route étaient
plantés de jeunes saules dont les rameaux encore
mous et flexibles n'auraient pas fait avancer un
cheval. Mais du côté du sud-est, à l'entrée
d'un sentier ombragé, et tout auprès d'une
vieille chapelle en ruines, s'élevaient trois ou
quatre grands saules, dont on apercevait les
têtes par dessus la muraille. Yangko s'y dirigea
en toute hâte ; mais à peine était-il grimpé dans
un de ces arbres, et sur le point d'en arracher
une branche, qu'il entendit les cris de quelqu'un qui se lamentait dans la chapelle. Il écarta
le feuillage ; et ses regards plongeant dans l'intérieur, il vit trois hommes qui entouraient sa
femme et qui la retenaient de force au milieu

(1) Vers le commencement de mars.

d'eux. Elle résistait à cette violence qui était la cause de ses cris et de ses sanglots.

A ce spectacle, Yangko ne put se contenir : « Brigands, misérables ! s'écria-t-il, c'est donc ici que vous venez vous cacher après avoir ravi la femme d'autrui ! » En même temps il descendit de l'arbre précipitamment, et se mit à frapper à coups redoublés à la porte de la chapelle.

Les assistants qui avaient entendu les mots, *c'est donc ici*, se hâtèrent d'approcher tous ensemble pour voir de quoi il s'agissait. Yangko, qui s'était présenté d'abord à la principale porte de la chapelle, l'avait trouvée barricadée, et ne voulant pas s'arrêter à l'enfoncer, comme il eût fallu faire, avec sa tête ou ses pieds, il chercha une ouverture pour entrer. Mais avant qu'il eût achevé le tour et qu'il fût parvenu derrière la chapelle, il y avait long-temps que les trois ravisseurs avaient pris la fuite en passant par une des brèches de la muraille. La femme seule y était restée. Les deux époux furent transportés de joie en se voyant réunis, et ils se mirent à pleurer d'attendrissement. Les assistants étaient demeurés saisis d'étonnement à cette vue, et ils reconnurent que tout ce que Yangko avait dit était conforme à la vérité.

Cependant Sse Yeoupe, qui avait entendu dire que Yangko venait de retrouver sa femme, fut frappé d'une surprise inexprimable. Il descendit lui-même, et laissant Siaohi pour veiller sur son cheval, il s'approcha de la chapelle pour s'assurer de la chose par ses yeux. En le voyant entrer, Yangko dit à sa femme : « Si je n'étais pas venu couper une branche de saule pour obtenir de monsieur qu'il me donnât son fouet, nous ne nous serions jamais revus dans cette vie. » — Puis remettant le fouet à Sse Yeoupe : « Mille remercîments, monsieur, lui dit-il, je n'ai plus besoin de ceci. »

— « Vit-on jamais dans l'univers quelque chose d'aussi étrange que cette aventure ! s'écria Sse Yeoupe ; je vous ai fait injure, mon ami ; mais dites-moi, je vous prie, quel est le nom de ce docteur qui dit les prières magiques ? »

— « Personne ne sait son nom de famille ou ses surnoms, répondit Yangko, mais comme il porte à la main une pancarte sur laquelle sont écrits les mots : *Saï chin sian*, on s'est accoutumé à l'appeler *Saï-Chin-Sian*, ou l'*Hermite de la Reconnaissance* (1). »

(1) Les mots chinois ont une signification particulière. Ils s'appliquent à une cérémonie qui se fait à la fin de

En finissant de parler, il renouvela encore par deux et trois fois ses actions de graces à Sse Yeoupe ainsi qu'aux autres assistants, et, emmenant sa femme avec lui, il reprit le chemin par où il était venu. Après son départ, Sse Yeoupe sortit de la chapelle, remonta à cheval, et tout en cheminant il se livra à mille pensées différentes, qui lui étaient inspirées par ce qu'il venait de voir.

— « Je puis bien m'appliquer le proverbe : *Une vie de bon sens et une heure d'étourderie.* Le voyage que j'entreprends par l'ordre de mon oncle a pour objet, au fond, de chercher une personne accomplie. Cet hermite, qui a pu deviner que j'étais sorti de chez moi dans la vue d'un mariage, saurait sans doute en quel endroit ce mariage peut avoir lieu. Si, sans avoir pris aucun renseignement, je vais m'abandonner aux avis qui me viendront de côté ou d'autre, ce sera chercher en tous lieux un objet qui n'a ni ombre ni vestige. Je risque d'y perdre ma peine. Il est encore de bonne heure : j'aime mieux aller au bourg de Keouyoung. Je verrai cet hermite, je le prierai de m'éclairer sur l'affaire de

l'année, pour remercier les dieux des bienfaits qu'on en a reçus dans le cours des mois qui viennent de s'écouler.

mon mariage, et je pourrai encore, sans trop de retard, arriver au lieu où est la barque de mon oncle. »

Ce parti pris, il tourna bride et se dirigea du côté du sud-ouest, vers le chemin par où il avait vu s'en aller Yangko. De cette seule course on verra par la suite naître bien des incidents. On verra comment une belle, se montrant au milieu de mille traverses, deviendra l'objet des vœux assidus et de la poursuite infatigable d'un poëte.

Ces arbres qui se balancent en abandonnant au vent leurs cimes feuillues,
Ces filaments qui voltigent au hasard dans le vague de l'air,
Ce n'est pas encore là passion qui les pousse et qui les emporte.
Privé d'appui, dans la saison nouvelle, on n'écoute que la voix du printems.

Pour savoir si Sse Yeoupe alla effectivement trouver l'*Hermite de la Reconnaissance*, et s'il parvint à le consulter sur son mariage, il faut lire le chapitre qui suit.

~~~~~~

CHAPITRE XXIV.

UN INDIGNE AMANT S'ATTRIBUE LE MÉRITE DE VERS QU'IL N'A PAS FAITS.

Qu'on plâtre sa réputation, qu'on farde sa conduite, qu'on sème
   l'or,
Mais qu'en littérature, au moins, on ne se permette pas de lar-
   cins !
Une seule expression poétique est une source qui coulera pendant
   des siècles ;
Dix années de chagrins peuvent être la suite de quelques lignes.
De beaux vers sont aussi précieux que les reliques d'un saint.
L'homme de génie confiera-t-il à d'autres la broderie de la poésie ?
Si vous vous livrez au plaisir d'une conversation de village,
Gardez de vous laisser aller à la tentation d'y chanter pour passer
   le temps.

Nous avons vu que Sse Yeoupe, tout en voulant
aller consulter l'hermite, n'avait pourtant pas l'intention de manquer au rendez-vous que lui avait
donné son oncle l'inspecteur-général. Il poussait
vivement son cheval du côté de Keouyoung. Mais
il n'avait pas encore fait plus de quatorze ou quinze
milles (1) que déjà le disque du soleil commença
à décliner et à pâlir en avançant du côté de l'oc-

(1) Une lieue et demie.

cident. Il ne lui restait pas plus d'une toise à parcourir dans le ciel. Sse Yeoupe fit encore quatre ou cinq milles ; mais la nuit commençant à tomber, il jeta les yeux autour de lui, et n'apercevant aucune maison, il en conçut quelque inquiétude. Son domestique Siaohï, qui avait la vue plus perçante, lui dit : « Monsieur, soyez tranquille. Voyez-vous ces arbres qui bordent un sentier là-bas, du côté du couchant ? sans doute il y a là quelque village. »

— « Qu'en sais-tu ? » lui demanda son maître.

— « Ce qui s'élève entre ces arbres, dit Siaohï, n'est-ce pas le clocher d'un couvent ? S'il y a un clocher, c'est qu'il y a un temple, et près de ce temple il doit y avoir des habitations. »

— « Tu as raison, c'est un clocher, dit Sse Yeoupe après avoir regardé de ce côté. Mais je ne vois pas de maisons, nous n'avons qu'à demander un gîte dans le couvent. » Et piquant son cheval, il lui fit prendre le sentier. En arrivant au bouquet d'arbres, il trouva qu'il y avait dans cet endroit un village, formé de deux ou trois cents maisons, mais disséminées çà et là ; quatre ou cinq ensemble, à une certaine distance les unes des autres.

La nuit était alors tout-à-fait tombée ; les portes de toutes les maisons étaient fermées et il n'eût servi de rien de s'y présenter. Par bonheur on était alors à la nuit du 12 au 13 de la lune ; cet astre brillait dans tout son éclat ; le ciel était clair, et il était facile, en se dirigeant d'après la position du clocher, de chercher et de trouver la porte du monastère. Tout en tournant une pièce d'eau, nos voyageurs entendirent un coup de cloche. « Bon ! s'écria Sse Yeoupe, nous n'aurons pas le désagrément de passer cette nuit sans avoir de couvert. »

Quelques pas de plus le conduisirent à la porte du couvent. Là, il quitta son cheval, et le donnant à tenir à son valet Siaohi, il entra dans le temple. Ce n'était pas un grand et vaste édifice, mais une construction élégante et régulière, située au pied d'une montagne, et des deux côtés entourée par une plantation de cyprès. Sse Yeoupe ne fit pas en ce moment beaucoup d'attention à l'agrément du site, et il s'avança vers le principal corps de logis, où deux ou trois religieux étaient encore occupés à réciter l'office du soir.

En voyant quelqu'un s'approcher d'eux, l'un de ces religieux, qui était fort âgé, vint au-devant avec un empressement : « Que voulez-vous, monsieur ? » demanda-t-il.

— Je suis un étudiant parti de la ville pour me rendre à la chapelle de Keouyoung. J'ai été surpris par le soir et obligé de m'arrêter ; je désirerais passer une nuit dans votre monastère ; et j'espère que vous voudrez bien me le permettre. »

— « Rien n'est plus aisé, » répondit le religieux ; et aussitôt il chargea quelqu'un d'aller par derrière conduire Siaohi et le cheval, et dit à une autre personne de prendre une lanterne, et de mener Sse Yeoupe dans l'intérieur du couvent.

Après les premiers compliments, Sse Yeoupe et le religieux s'assirent : « Puis-je vous prier de me dire votre nom et le nom de votre famille ? » demanda celui-ci.

— « Le nom de ma famille est Sse, » répondit Sse Yeoupe.

— « Eh bien ! seigneur Sse, quelle affaire vous conduit à Keouyoung ? »

— « Mon oncle, dit en riant Sse Yeoupe, se rend à la cour pour y prendre des ordres. Il est à bord d'une barque à l'embouchure du fleuve ; il m'a envoyé chercher pour que je l'accompagnasse dans son voyage. A moitié chemin, j'ai, par hasard, entendu dire qu'il y avait à Keouyoung un personnage nommé *l'Hermite de la Reconnaissance*, qui a un talent extraordinaire pour les prières divinatoires. J'ai voulu aller le trouver pour lui demander d'en dire une à mon intention, et c'est ce qui m'a fait venir jusqu'ici. »

— « Quelle est la charge de votre oncle? » demanda le religieux.

— « Mon oncle vient de faire une tournée comme inspecteur-général dans la province de Houkouang, et il se rend à la cour pour y prendre de nouveaux ordres. »

— « Quoi! seigneur, dit le religieux, vous êtes une personne d'un rang aussi distingué; j'ai bien manqué au respect que je vous dois. » Et aussitôt il appela quelqu'un à qui il ordonna d'apprêter le souper.

— « Quel est votre nom, maître? » demanda Sse Yeoupe.

— « Je me nomme Tsingsin (1), » répondit le religieux.

(1) Ce nom qui signifie *cœur tranquille* est un de ces noms de religion que les prêtres de la Chine prennent en entrant dans la vie monastique.

— « Et ce joli monastère, continua Sse Yeoupe, est sans doute la chapelle du village? Est-ce un monument ancien, ou une construction récente?

— « On l'appelle le temple de Kouanyin (1); ce n'est pas un ancien monument, et ce n'est pas non plus la chapelle du village. C'est un oratoire érigé par un conseiller d'état du village de Kinchi, nommé Pe, il y a dix-huit ou dix-neuf ans. »

— « Et quel motif a eu ce conseiller d'état pour construire ici un oratoire? » demanda Sse Yeoupe.

— « Le seigneur Pe n'avait pas de fils, répondit Tsingsin. Et comme il était, ainsi que sa femme légitime, très-pieux et dévot à Bouddha, il a bâti ce temple qu'il a mis sous l'invocation de *Kouanyin à la robe blanche*, dans le désir d'obtenir un fils. Il a de plus acheté des

___

(1) *Kouanyin* est le nom d'un *Phousa* ou de l'une des plus grandes divinités de la religion indienne importée à la Chine. Quelques mythologues peu instruits en ont fait la *déesse de la porcelaine*. Mais c'est en réalité un dieu, qui n'a rien de commun avec la porcelaine. C'est à lui que se rapportent la plupart de ces figures appelées *Magots de la Chine* qui étaient autrefois en possession de toutes les cheminées, et qui, depuis quelques années, semblent de nouveau prendre faveur.

terres, des champs, et il a dépensé ici un ou
deux milliers d'onces d'or. »

— « Et a-t-il effectivement obtenu un fils ? »
demanda Sse Yeoupe.

— « Il n'a point eu de fils ; mais il a bâti ce
temple une année, et l'année suivante, il lui est
né une fille. »

Sse Yeoupe éclata de rire : « Une fille, vraiment ! s'écria-t-il. Mais il lui serait né dix filles
au lieu d'une, que cela ne pourrait pas compter
pour un garçon. »

— « Ne parlez pas ainsi, monsieur, dit Tsingsin. Dix garçons ne seraient rien en comparaison de la fille du seigneur Pe. »

— « Comment cela ? » demanda Sse Yeoupe.

— « Cette jeune demoiselle est d'une beauté
capable de charmer les poissons et de faire
descendre les grues du ciel ; sa figure effacerait
le disque de la lune et ferait rougir les fleurs.
Mais tout cela ne mérite pas qu'on en parle.
Elle excelle à manier le pinceau et l'aiguille ;
elle brille dans les ouvrages de tout genre, et
pour ne pas vanter non plus ces talents, elle
est consommée dans la connaissance des livres
et de l'histoire tant ancienne que moderne. Il
n'y a rien qu'elle ne sache à fond. Elle compose

des pièces de vers, des chansons, des odes, et
pourrait surpasser tous les anciens poètes; de
telle sorte que le seigneur Pe lui-même, quand
il a écrit quelques morceaux de littérature, lui
confie quelquefois le soin de les corriger. Dites-
moi, Monsieur Sse, s'il y a dans le monde un seul
garçon qu'on puisse lui comparer? »

En entendant louer tant de belles qualités
Sse Yeoupe fut enchanté, et son ravissement lui
causa un trouble qui s'étendit à toute sa personne et s'empara de son ame. « Cette jeune
demoiselle est-elle déjà mariée? » demanda-
t-il avec empressement.

— « Qui voulez-vous qu'elle ait épousé? »
répartit Tsingsin.

— « Dans ces cantons, il ne manque pas de
jeunes gens riches et bien nés. Il pourrait
bien s'en trouver quelqu'un dont la famille
convînt à la sienne : pourquoi ne l'aurait elle
pas épousé? »

— « S'il était question de jeunes gens riches
et bien nés, la chose serait facile. Mais le seigneur Pe ne s'embarrasse pas de la richesse et
du rang : il veut du mérite, des agréments, un
talent distingué. »

— « Eh bien ! cela est encore plus aisé à trouver , » dit Sse Yeoupe.

— « Il y a encore quelque difficulté , Monsieur Sse. Quand un prétendant se présente pour la demander en mariage, il faut qu'il compose un morceau, soit en vers, soit en prose, et qu'il le soumette au jugement du seigneur Pe et de sa fille. Elle ne sera donnée qu'à celui qui obtiendra leur approbation. Mais la jeune demoiselle a les yeux difficiles. Les essais littéraires de tous ceux qui se sont présentés jusqu'ici n'ont pas trouvé grace devant elle. Elle a maintenant atteint sa dix-septième année, et n'a pas encore voulu contracter un engagement qui ne l'eût pas satisfaite. »

— « Si cela est ainsi,... » dit Sse Yeoupe; mais une réflexion l'obligea d'interrompre, et cachant sa joie : « C'est ici que m'attendait la destinée de mon mariage ! » pensa-t-il intérieurement. Dans cet instant les frères apportèrent le souper ; il se mit à table avec le religieux. Ensuite, celui-ci lui dit : « Monsieur Sse, vous devez être fatigué de votre voyage d'aujourd'hui, et sans doute vous avez dessein de prendre quelque repos. »

Il se fit donner une lanterne et conduisit
Sse Yeoupe dans une chambre propre et élégamment décorée, destinée aux hôtes. Il ordonna d'y allumer un brasier, d'y brûler des
parfums et de mettre sur le feu une bouilloire
d'excellent thé amer, qu'on laisserait sur la
table. Puis jugeant que Sse Yeoupe avait sommeil, il prit congé de lui.

Tout occupé du récit qu'il avait entendu,
Sse Yeoupe brûlait du désir de voir mademoiselle Pe. Son imagination en était tellement
remplie, qu'au lieu de reposer, il ne fit que s'a-
giter sur son lit, et ne pouvant réussir à fermer l'œil, il prit le parti de s'habiller et de se
lever. Il s'approcha de la fenêtre, et vit que
la lune brillait au milieu du ciel et qu'il faisait
aussi clair qu'en plein jour. Il éveilla Siaohi et
lui ordonna de le suivre à la porte du monastère. Le clair de lune, les pensées dont il était
agité l'entraînant sans qu'il s'en aperçût, il tra-
versa un petit bois de cyprès, et il était éloigné
du couvent à la distance d'une portée de flèche,
quand il entendit des gens qui parlaient en
riant. Ce bruit appela son attention, et en regardant autour de lui, il se vit près d'une habita-
tion champêtre située au milieu d'une planta-

tion de pêchers et de pruniers. Il continua sa
promenade, et étant entré, il s'approcha d'un
pavillon où il aperçut deux hommes occupés à
boire et à composer des vers. Il se tint debout,
sur la pointe des pieds, en dehors, à côté de la
fenêtre, pour écouter leur conversation. L'un
des deux, qui était vêtu d'un habit blanc, disait
à l'autre : « Monsieur Tchang, votre rime de
branche n'est pas encore bien amenée. »

L'autre, qui était vêtu de verd, répondit :
« Ce n'est pas le mot *branche* qui m'embarrasse
le plus : c'est le mot *pensée* dont la rime est difficile à préparer. Et pourtant, excepté moi, y
a-t-il quelqu'un qui s'y entende ? »

— « Véritablement, vous y excellez, reprit
le premier, et si l'on veut prendre un poète,
il n'y a que vous sur qui le choix puisse tomber. Quand ces deux pièces de vers vont être
achevées, le mariage pourra être regardé
comme une affaire bien avancée. »

Le jeune homme habillé de verd tenait la
tête penchée de côté; il réfléchissait, puis mar-
mottait tout bas quelques paroles. Au bout d'un
moment, il s'écria tout haut : « Le voilà ! le
voilà ! excellent ! admirable ! » Et saisissant avec
vivacité le pinceau, il le posa sur le papier, et

fit voir à son compagnon ce qu'il venait d'écrire.
Après l'avoir lu, celui-ci frappa des mains, et
faisant un éclat de rire : « C'est excellent, s'écria-t-
il, c'est tout-à-fait la manière du vieux Touchi (1).
Non-seulement les rimes sont amenées à ravir ;
mais vous avez réussi à mettre de la force et de
la noblesse dans vos transitions. Vous possédez,
monsieur, un talent supérieur, et j'y suis, je
vous l'assure, infiniment sensible. »

— « Voilà ma pièce finie, dit le jeune
homme habillé de verd. Si la belle vient à m'é-
choir, est-ce que vous me l'abandonnerez sans
regret ? »

— « Les vers que j'ai faits l'autre jour m'a-
vaient donné du courage. Mais cette nuit vous
m'avez terrassé. Je n'ai pas la force de recom-
mencer. Buvons quelques tasses pour nous
égayer et réveiller un peu nos esprits. Ensuite
je tâcherai de composer quelque chose, pour le
disputer à votre seigneurie. »

— « Si vous voulez boire, attendez que je
lise ma pièce tout haut, pour qu'en l'entendant vous puissiez me dire ce que vous en pensez. »

(1) Poète célèbre du huitième siècle, dont nous avons
les œuvres.

— « C'est juste! c'est juste! » dit le jeune homme habillé de blanc: et son compagnon se mit à lire à haute voix ce qui suit :

L'alisier et le saule ont rencontré la saison printanière ;
Et l'on voit naître successivement une branche , et puis une autre branche.
On dirait des herbes verdoyantes qui sont suspendues sur un baton,
Ou plutôt encore des fils d'or qui seraient attachés par en haut.

Le jeune homme vêtu de blanc n'attendit pas que l'autre eût terminé sa lecture; il l'interrompit en s'écriant : « C'est admirable! c'est excellent ! Je vais vous verser une tasse et puis vous acheverez. »

Le jeune homme habillé de verd, tout joyeux, prit la tasse, la but, et continua de déclamer :

Quelle joie pour le pêcheur quand il a harponné le poisson !
Mais quel tourment pour le cocher qui frappe un cheval rétif !
En un matin , en un jour, l'arbre desséché mourra,
Et ses branches filamenteuses fourniront une charge de fagots.

A peine eut-il fini de lire, que son compagnon se répandit en louanges qui ne tarissaient pas. Sse Yeoupe, qui les entendait du coin de la fenêtre où il était caché, ne put se retenir plus long-temps, et laissa échapper un grand éclat de rire. A ce bruit, les deux amis se levèrent avec empressement et se mirent à la fenêtre. En voyant Sse Yeoupe: « Qui êtes-vous ?

lui demandèrent-ils, et comment venez-vous vous cacher là pour vous moquer de nous? »

— « C'est le hasard, répondit Sse Yeoupe, et le désir de jouir du clair de lune qui m'ont amené ici. En entendant réciter de beaux vers, mes mains et mes pieds ont tressailli de plaisir, et je n'ai pu retenir un cri d'admiration qui vous a interrompus. J'ai bien des excuses à vous demander pour mon impolitesse. »

Les deux jeunes gens virent que Sse Yeoupe avait les dehors d'un homme comme il faut et qu'il s'exprimait avec grace; celui qui était vêtu de blanc lui adressa la parole : « Puisque vous vous connaissez en poésie et que vous avez du goût, nous sommes amis, » dit-il.

— « Puisque vous êtes un homme de mérite, dit l'autre, venez vous asseoir avec nous. » Et prenant Sse Yeoupe par le bras, il le fit entrer dans le pavillon.

— « Je ne devrais pas vous causer cette importunité, » dit Sse Yeoupe.

— « Pourquoi donc ? reprit le jeune homme habillé de verd. Tous ceux qui vivent entre les quatre mers ne sont-ils pas frères ? » Et l'ayant obligé de s'asseoir, il ordonna à un petit domestique d'apporter du vin. Puis s'adressant à

3.

Sse Yeoupe : « Quels sont, lui demanda-t-il, vos noms et vos surnoms ? »

— « Je suis de la famille Sse; mon surnom est Liansian. Et vous, messieurs, oserai-je vous demander comment vous vous appelez? »

Le jeune homme habillé de blanc répondit : « Je me nomme Wang, et mon surnom est formé de *Wen, littérature*, et de *Hiang, regarder*. Pour monsieur, ajouta-t-il en montrant son compagnon, son nom de famille est Tchang, et son surnom, Fanjou. C'est le seigneur le plus riche, et en même temps le meilleur poète de notre bourg. C'est ici son jardin fleuriste, et en même temps le lieu où le seigneur Fanjou a établi son cabinet d'étude. »

— « Je vois, dit Sse Yeoupe, à quel point j'ai été indiscret. » Puis il ajouta : « La pièce que j'ai entendue de là-bas est, si je ne me trompe, destinée à célébrer les saules printaniers. »

— « Seigneur Liansian, dit Tchangfanjou, vous devez avoir l'oreille fine pour distinguer cela au travers de la croisée. C'est effectivement une pièce sur les saules printaniers, et qui présentait bien des difficultés. »

— « Quelles difficultés? » demanda Sse Yeoupe.

— «C'est, répondit Tchangfanjou, que les rimes en étaient données, aussi y ai-je employé tous mes soins, pour en faire un morceau achevé. »

— «De qui était la pièce originale? » demanda Sse Yeoupe.

— « Vous pensez bien, reprit Tchangfanjou, que si elle n'eût pas été d'un auteur distingué, je n'aurais pas pris tant de peine. »

— « Messieurs, dit Sse Yeoupe, puisque vous voulez bien m'honorer de votre amitié, pourquoi n'achèveriez-vous pas de me mettre au fait? »

— « C'est une chose très-curieuse que cette histoire, reprit Wangwenhiang; mais elle n'est pas de celles qu'on raconte si aisément : si vous avez envie de l'entendre, il faut que vous buviez trois grandes tasses, après quoi nous vous la dirons. »

— « Il a raison, il a raison, » s'écria Tchang-fanjou; et il dit à ses domestiques de servir du vin.

— « Ma tête est faible, et je ne saurais beaucoup boire, » dit Sse Yeoupe.

— « Il faut vous faire un peu de violence, si vous voulez savoir notre histoire, » répliqua Wangwenhiang.

Sse Yeoupe prit effectivement les trois tasses, et ensuite Tchangfanjou lui dit : « Seigneur Sse, vous êtes un brave homme, je vais vous raconter cela : la pièce originale dont les rimes nous ont été données a été composée par une demoiselle, fille d'un grand personnage qui habite dans un bourg ici près. Cette demoiselle a reçu du ciel plus d'attraits que Sichi et Maotsiang; elle est d'une beauté incomparable. Elle a juré de ne pas épouser un homme ordinaire; elle veut un poète d'un talent distingué, qui, en fait de vers et de littérature, de stances et de pièces descriptives, puisse aller de pair avec elle. Elle ne veut se marier que quand elle l'aura trouvé. Il y a quelques jours qu'elle est allée brûler des parfums dans le temple. Elle y a vu des saules tout nouvellement couverts de feuillage et dont l'aspect l'a charmée. Elle en a pris l'occasion de composer sur ce sujet même une pièce de vers, et en même temps elle a adressé à Bouddha une prière pour obtenir d'être mariée à celui qui saurait composer une autre pièce sur les mêmes rimes. C'est ce qui fait que le seigneur Wang et moi nous sommes ici à nous consumer. Si je parvenais à remplir, dans un morceau de ma composition, les conditions prescrites , je regarderais cette affaire de mariage comme étant en fort bon train, et vous conviendrez, seigneur Sse, que ce serait là une chose très-avantageuse. »

A ce récit, Sse Yeoupe n'eut pas de peine à deviner qu'il s'agissait de la fille du conseiller d'état Pe ; mais il n'en laissa rien connaître, et se borna à dire : « Monsieur, d'après ce que je viens d'entendre, je voudrais bien vous prier de me montrer la pièce originale. »

— « Si vous désirez la voir, il faut que vous buviez encore trois tasses, » répliqua Tchang-fanjou.

— « Je boirai quand j'aurai vu les vers, » répartit Sse Yeoupe.

— « A la bonne heure, mais soyez de parole, » reprit Tchangfanjou, et il alla prendre dans un coffre la pièce qu'il remit à Sse Yeoupe. Celui-ci la développa et vit que c'était un morceau d'écriture cursive, *sur les saules du printemps*, et qui était ainsi conçu :

Le verd pâle et le jaune doré brillent à la seconde lune,
Vers la surface de l'eau , du haut du toit, le saule laisse tomber
    ses branches.
Cé sont comme des soies que le vent agite mollement.
La lumière de la lune viendra bientôt éclairer leur tissu délicat.
Telle une jeune fille, long-temps avant le temps des présents de
    noces ,

Laisse errer sur ce sujet ses pensées incertaines.
Le prince d'Orient satisfait notre amour pour la douce verdure,
En faisant naître au printemps ce feuillage semblable à de longues
touffes de soie.

A la vue de ces vers, Sse Yeoupe resta frappé
de surprise, et dans son admiration, il s'écria :
« Se peut-il qu'il y ait dans l'univers une jeune
fille douée d'un talent aussi extraordinaire? et
comment cela ne fait-il pas mourir de honte les
poètes de notre sexe? »

Il reporta les yeux sur la pièce de vers, et
son attention y demeurant fixée, il ne pouvait
se résoudre à s'en détacher. « Seigneur Sse, dit
Tchangfanjou, vous avez assez considéré ces
vers : ne voulez-vous pas boire vos trois tasses? Vous n'allez pas nous refuser, j'espère? »

— « Il en faudrait boire trois cents pour un
pareil morceau de poésie ! s'écria Sse Yeoupe ;
mais que voulez-vous faire d'un si mince bu-
veur? »

— « Je vois, seigneur Sse, dit Wangwenhiang, que votre goût serait plutôt tourné du
côté de la poésie. Si vous voulez composer une
autre pièce sur les mêmes rimes, on vous fera
grace des trois tasses. »

— « Au lieu de trois tasses à boire, une pièce

de vers à composer !--seriez-vous assez fou pour faire un pareil marché? » dit Tchangfanjou.

— « Véritablement, je ne saurais boire, répondit Sse Yeoupe ; et s'il n'y a pas d'autre moyen, j'aime encore mieux composer quelques vers. »

— « Eh bien! dit en riant Wangwenhiang, nous allons voir le talent du seigneur Liansian en fait de poésie, car il paraît qu'il est en verve. » Et aussitôt il prit les pinceaux et l'écritoire, et il les plaça devant Sse Yeoupe ; celui-ci saisit un pinceau, et les yeux fixés sur la pièce qui servait de modèle, il écrivit le morceau suivant avec les mêmes rimes :

Voici le temps où le zéphyre a toute sa légèreté, et la pluie sa plus grande douceur.

L'espace d'un matin change en rameaux les bourgeons que chaque arbuste a fait éclore.

Mes sentiments s'envolent en vers légers comme ces brumes qui colorent les arches du pont.

Telles encore ces branches dont l'ombre est agitée par le souffle du printemps.

Que je plains ceux qui se consument à tirer l'or des entrailles de la terre !

La neige qui naguère emplissait le ciel est un aussi digne objet de nos pensées.

Si la colombe voyageuse s'informe du nombre et de l'étendue de mes sentiments,

Qu'elle apprenne qu'on aurait plus tôt compté les touffes de soie qui sont suspendues à ces arbres.

Lorsque Sse Yeoupe eut fini d'écrire, il remit sa pièce aux deux jeunes gens, en leur disant : « C'est pour vous obéir et malgré moi que j'ai composé ces vers. Veuillez, messieurs, ne pas vous moquer de moi. »

Les jeunes gens qui avaient vu que le pinceau de Sse Yeoupe ne s'était pas arrêté une seule fois, qu'il n'avait pas même réfléchi un seul moment, et qu'en laissant courir sa main, il avait en un clin d'œil achevé tout un morceau de poésie, étaient déjà extrêmement surpris. Ils se mirent à lire les deux stances, et quoiqu'ils ne fussent pas en état d'en sentir tout le mérite, ils remarquèrent, en la déclamant, un style coulant et facile, bien éloigné des leurs où tout était contraint et embarrassé. Ils ne purent y refuser leurs éloges : « Seigneur Sse , dirent-ils , vous êtes un véritable poète, nous devons rendre hommage à votre talent. »

— « Mon talent est fort peu de chose, répondit Sse Yeoupe, et ce que je vous présente là est bien médiocre. Je ne saurais égaler l'or et le jaspe du seigneur Tchang. »

— « Ne soyez pas si modeste, seigneur Sse, reprit Tchangfanjou. Je ne suis pas homme à accorder légèrement des éloges; mais votre pièce, pour avoir été faite si rapidement, n'en est pas moins très-bonne. »

— « Votre style noble et élégant m'avait déjà tenu lieu d'instruction , dit Sse Yeoupe. Mais je voudrais bien que le seigneur Wang me fît voir aussi l'excellent morceau qu'il a composé. »

Wangwenhiang se mit à rire : « Je ne suis pas en verve aujourd'hui, dit-il. Mais demain, quand j'aurai vu la demoiselle, je serai mieux disposé. »

— « Ah! voilà le projet que vous avez formé! dit Sse Yeoupe. Mais est-ce que l'on peut ainsi voir cette demoiselle à volonté ? »

— « Si vous avez quelqu'envie de la voir, ce n'est pas le point difficile, répondit Wangwenhiang; mais cette demoiselle a tant de talent, que je crains que votre pièce même ne réussisse pas à la toucher. Si vous avez encore quelqu'ardeur poétique, vous devriez composer un autre morceau, et nous irions lui rendre visite ensemble, vous, le seigneur Tchang et moi. »

— « Vous ne me manquerez pas de parole? » dit Sse Yeoupe.

— « Notre ami Wang est un saint pour la droiture et la sincérité, répartit Tchangfanjou, et moi-même je serai son garant; mais il faudrait que vous pussiez composer encore. »

Sse Yeoupe se trouvait en ce moment animé par le vin, exalté par les pensées dont mademoiselle Pe était l'objet, et les expressions poétiques se pressaient en foule dans son imagination. Il se saisit du pinceau, et déployant une feuille de papier, il y versa les idées qui se présentèrent à son esprit : quelques minutes lui suffirent pour terminer une nouvelle pièce de vers, toujours sur les mêmes rimes et ayant encore pour sujet *les saules printaniers.* Il la remit aux deux amis, qui, tout en la lisant, restèrent confondus de cette rapidité. Ils n'en dirent mot, mais ils ne purent s'empêcher de penser que ce jeune homme était véritablement un poète du premier mérite. La pièce, qui était alors devant leurs yeux, contenait ce qui suit :

Voici la saison où le saule, vêtu d'une écorce dorée, se couvre d'un manteau de verdure.

Rougissez de honte, fleurs d'abricotier, séchez et tombez de dépit.

C'est pour vous un objet d'envie que ces branches élégamment suspendues,

Et ces rameaux qui retombent mollement, sans apprêt et sans confusion.

Les teintes délicates de ce feuillage dont la tête est inclinée semblent annoncer la rêverie.

La beauté près de sa fenêtre pourrait-elle n'en pas faire l'objet
    de ses pensées ?

Voudriez-vous que cet arbre eût attendu que le ver à soie lui
    fabriquât un vêtement printanier ?

Chaque feuille, chaque rameau lui file la soie dont il est revêtu.

En finissant de lire, ils frappèrent de la main sur la table en même temps, et s'écrièrent : « Les beaux vers ! la belle poésie ! cela est véritablement admirable. »

— « Troublé, comme je le suis, par tout ce que vous m'avez fait boire, je ne saurais mériter vos éloges, dit Ssé Yeoupe. Mais je compte toujours sur vous, s'il y a quelque moyen de me mener voir cette jeune demoiselle. »

— « C'est une affaire convenue, répliqua Wangwenhiang. Mais, monsieur, une chose dont nous n'avons pas encore pu nous informer de vous : vous ne paraissez pas être de cet endroit. Quel est votre pays ? quelle circonstance vous a fait venir ici ? »

— « Je suis de Kinling, et je voulais aller à Keouyoung où j'ai quelques affaires. Je me suis trouvé en retard, et la nuit m'ayant surpris, j'ai demandé un gîte dans le couvent qui est ici en face. C'est en me promenant par hasard au clair de lune que j'ai eu, messieurs, le bonheur de faire votre connaissance. »

— « Vous êtes de Kinling? reprit Tchangfanjou. Eh bien ! il n'y a que quelques dixaines de
milles (1) d'ici. Nous sommes compatriotes.
Vous vous êtes présenté à l'examen provincial
de cette année: ainsi nous sommes compagnons
d'études.—Monsieur, continua-t-il, connaîtriez-
vous, dans votre ville, M. le docteur Goú, surnommé Koueï ? »

— « C'est Gou Toüan que vous voulez dire,
reprit Sse Yeoupe. Pourquoi me faites-vous
cette question ? »

— « J'ai beaucoup entendu parler de lui, et
je suis plein de respect pour sa haute réputation. Je voudrais me présenter à sa porte, et
c'est l'objet de la demande que je vous adres-
sais. »

— « Je le connais bien un peu, mais nous ne
sommes pas au mieux ensemble, » répartit Sse
Yeoupe.

— « Pour quel motif ? » demanda Tchangfanjou.

— « Il a une fille qu'il voulait me donner en
mariage, répartit Sse Yeoupe. Mais comme je
l'avais vue et qu'elle m'avait paru d'une figure

(1) Quelques lieues,

assez ordinaire, je n'ai pas accepté sa proposition, et mon refus a jeté quelque froideur entre nous. »

— « Je conçois cela, » dit Tchangfanjou.

— « Monsieur, reprit Wangwenhiang, je dirai que je vous crois fait pour la capitale. Partout ailleurs, dans de petites villes ou dans des
villages, vous ne trouverez pas un mérite tel
que le vôtre. Au reste, puisque vous êtes logé
au couvent de Kouanyin, c'est très-bien : demain nous vous prendrons pour aller ensemble
faire une visite à la demoiselle. »

Le projet de Sse Yeoupe avait été de partir le lendemain matin pour Keouyoung, afin
d'y faire dire une prière, et de retourner ensuite en toute hâte à l'endroit où la barque de
son oncle était arrêtée. Mais la possibilité d'aller voir mademoiselle Pe lui fit changer d'avis.
Il oublia sa résolution pour s'occuper uniquement de cet objet charmant, de ses qualités,
de son talent. Entraîné par les discours des
deux autres jeunes gens, toutes ses pensées,
comme les leurs, se dirigèrent vers elle. Ils ne
pouvaient se lasser d'en parler; chacun d'eux
enchérissant sur les éloges que lui donnaient
les autres, ils s'excitèrent ainsi mutuellement

dans leur conversation., en buvant ensemble jusqu'au coucher de la lune., et cet entretien les avait également animés tous les trois. Ils se levèrent enfin : messieurs Wang et Tchang reconduisirent Sse Yeoupe jusqu'à la porte du jardin; et celui-ci., en reprenant le chemin de son logement, leur renouvela sa recommandation : « Messieurs, dit-il, je vous prie en grace : n'oubliez pas notre engagement pour demain ? »

— « Nous nous en souviendrons : » lui répondirent-ils en riant ; et ils se séparèrent. On était alors à la troisième veille (1). La lune était au couchant tout près de l'horison. Sse Yeoupe revint au couvent dans l'intention de prendre quelque repos. Tout en cheminant, il se livrait à ses réflexions : « Je croyais, disait-il, qu'il était si difficile de trouver une femme accomplie; je voulais courir jusqu'aux extrémités de la terre sans être assuré d'en rencontrer une. Et voilà qu'en sortant de ma porte, le hasard me fait tomber au premier mot sur ce que je cherchais. On peut bien dire qu'il y a dans ceci du bonheur pour une triple vie. »

Puis continuant de se parler à lui-même :

(1) Minuit.

« La voilà trouvée, cela est vrai ; mais il n'est pas bien sûr que demain je puisse réussir à la voir. Si j'allais être réduit à de vaines imaginations, que deviendrais-je ? » Mais une autre pensée calma son agitation : « Elle existe ! s'écria-t-il. Quand il faudrait traverser les flots ou la flamme, je parviendrai à la voir, ou je mourrai ici. »

Ces réflexions se succédant l'une à l'autre l'agitèrent long-temps, et on était à la cinquième veille (1), avant qu'il eût pu s'endormir. Ainsi,

L'amour est un coursier fougueux qui se lance dans un torrent.
La beauté est l'aiguillon qui précipite sa course.
Si vous voulez, par des liens, l'arrêter et le retenir,
Une belle seule, au milieu des fleurs, y pourra réussir.

Nous quitterons maintenant Sse Yeoupe pour retourner auprès de son oncle l'inspecteur général Sse. Les gens que celui-ci avait envoyés près de son neveu revinrent lui annoncer qu'il les suivait et qu'il allait arriver quelque temps après eux. Il fut ravi de cette nouvelle, et quand il vit venir le bagage, il dit à ses domestiques : « N'apportez pas encore le souper ;

(1) Quatre heures du matin.

j'attends mon neveu , et nous souperons ensemble. »

Il attendit ainsi jusqu'au moment d'allumer
les lanternes. Ne voyant pas arriver Sse Yeoupe,
il attendit encore jusqu'à ce que les gardes de
nuit eussent frappé la onzième heure (1). C'était
le moment de la première veille. Il se dit à lui-
même : « Puisqu'il n'est pas venu à cette heure,
c'est sans doute qu'il aura eu quelqu'affaire
chez lui, qu'il n'a pas pu terminer ; et demain
il viendra de bonne heure. » Il se mit donc à
souper , et ensuite il alla se coucher.

Le lendemain, son neveu n'ayant pas paru, il
prit le parti d'envoyer au devant de lui quelqu'un des cavaliers qui avaient été le trouver
précédemment. Le messager courut tout le
jour et revint dire qu'il avait été à la maison
de son jeune maître , et qu'un vieux domestique, qui en était le gardien, lui avait assuré
qu'il était parti la veille en même temps que le
bagage, qu'il était monté à cheval immédiate-
ment après, et qu'il ne concevait pas pourquoi
il n'était pas arrivé.

Ce rapport causa beaucoup d'inquiétude à

_____

(1) Huit heures du soir.

l'inspecteur général Sse: « Ne se serait-il pas arrêté chez quelque courtisane ? » se demanda - t - il à lui-même. Puis faisant appeler le domestique qui, la veille, avait accompagné le bagage : « Quand votre maître était chez lui, et qu'il avait du loisir, lui dit-il, quelle sorte de gens fréquentait-il ? N'aimait-il pas le jeu ou les femmes ? »

— « Mon jeune maître n'aime ni les femmes ni le jeu, répondit le domestique. Son unique amusement était de lire dans ses moments de loisir. Par fois il se plaisait à contempler les fleurs le matin, ou le clair de lune le soir. Faire quelques odes ou chansons, boire quelques tasses de vin, voilà les seuls divertissements qu'on lui ait vu prendre. Les années précédentes, il avait encore l'habitude de fréquenter deux jeunes gens ses condisciples ; mais depuis qu'on lui a retiré son grade de bachelier, il avait même renoncé à voir ses amis. »

— « Si votre jeune maître aime tant l'étude, et qu'il ne soit adonné ni au jeu, ni aux femmes, comment se fait-il qu'on lui ait retiré son grade de bachelier ? » demanda Sse.

— « C'est, répondit le domestique, qu'il y a quelque temps l'examinateur du collége est

venu, et à l'examen, il a mis mon jeune maître
à la tête de la liste. Puis il y a eu un grand personnage qui a été charmé du mérite de mon
jeune maître, et qui a voulu en faire son gendre. Mon maître, je ne sais pour quelle raison,
n'a jamais voulu y consentir. Ce grand personnage s'est fâché; il a été dire la chose à l'examinateur. Le malheur a voulu que l'examina-
nateur et ce grand personnage fussent liés
ensemble et camarades d'études; de telle sorte
que l'examinateur s'est mis en colère aussi, et
que, sans autre forme de procès, il a ôté à mon
jeune maître son grade de bachelier. »

En entendant ce récit, Sse ne put s'empêcher de soupirer et de se récrier à diverses
reprises. Il envoya encore plusieurs domestiques
à la découverte séparément et dans différentes
directions. On passa de cette manière quatre ou
cinq jours en recherches infructueuses; il ne
fut pas possible de découvrir le moindre indice.
A la fin, voyant l'inutilité de ses efforts, Sse
fut contraint de s'embarquer, fort attristé du
mauvais succès de cette tentative.

On cherche un agneau égaré à tous les embranchements du
    chemin ;
Un cheval échappé n'est pas facile à ressaisir.

Comment deviner que l'abeille ou le papillon, séduits par la beauté
    des fleurs,
Se sont laissés attirer, par leurs charmes printaniers, jusqu'aux
    branches les plus élevées ?

On apprendra dans un autre chapitre ce qui
advint à Sse Yeoupe.

~~~~~~

CHAPITRE VII.

UN NOM SUPPOSÉ FAIT PERDRE UNE PERLE A UN POÈTE.

C'est une affaire diabolique qu'un mariage.
Qui pourrait sans peine établir la concorde, l'harmonie ?
La fleur n'a qu'un instant pour éclore,
Et la pleine lune elle-même laisse apercevoir des taches.
Le plaisir, le talent sont des parents de l'amour ;
Mais l'envie et l'indiscrétion suscitent bien des orages.
A dire vrai, ce n'est pas l'homme qui crée les obstacles ;
C'est le ciel ; et quel remède y apporter ?

Tchangfanjou, animé par le vin, avait raconté sans réflexion à Sse Yeoupe toute l'histoire de mademoiselle Pe ; mais le jour suivant,
quand il se rappela le vif intérêt que ce jeune
homme y avait pris, et surtout les beaux vers
qu'il avait su composer avec les rimes données,
il commença à réfléchir sur ce qui s'était passé,
et il éprouva beaucoup de regret de son indiscrétion. Il se rendit au pavillon pour y consulter avec Wangwenhiang, et bientôt il aperçut
celui-ci qui s'y promenait la tête en désordre et
les mains croisées derrière le dos, comme un
homme préoccupé de quelque affaire grave.

« Seigneur Wang, lui dit-il, à quoi pensez-vous ? »

Wangwenhiang ne répondit pas : Tchangfanjou vint se placer devant lui ; alors, la colère sur le visage : « Pour deux hommes d'esprit, s'écriat-il, nous avons fait une belle sottise ! »

— « Comment cela ? » demanda Tchangfanjou.

— « La nuit dernière, ce jeune homme du nom de Sse n'était ni notre parent, ni notre ami ; un homme que nous venions de trouver à l'instant même, quel besoin d'aller lui raconter tout ce que nous avions dans l'esprit ? Il est jeune, bien fait de sa personne, et quant à des vers, il en compose d'excellents. Si nous allons avec lui, ce n'est pas nous qui parviendrons à le débusquer. »

— « J'étais tout justement à regretter ce qui s'était passé, et je venais pour consulter avec vous, et voir ce qui nous reste à faire. »

— « Quand une parole est lâchée, il n'y a plus moyen de la retenir, » dit Wangwenhiang.

— « Cette nuit j'avais la tête un peu échauffée, reprit Tchangfanjou. Je ne sais trop, au fond, comment sont ses vers en comparaison des miens. Prenez-les, que nous les voyions encore une fois de près. »

Wangwenhiang alla prendre les vers sur les tablettes de la bibliothèque. Ils se mirent à les considérer, et véritablement plus ils les examinaient, et plus ils y découvraient d'agrément. Après y avoir tenu les yeux fixés pendant un certain temps, tous deux se tournèrent l'un vers l'autre, en se regardant face à face. « A bien éplucher ces vers, dit Tchangfanjou, je commence à croire qu'ils sont un peu meilleurs que les miens. Nous ferions bien, vous et moi, d'en prendre chacun une pièce, et s'il y a quelque lustre à en tirer, nous pourrons nous en prévaloir. Qui nous empêchera, après cela, quand ce petit Sse reviendra nous demander, de lui faire dire par un valet que nous n'y sommes pas ? Cela finira par là. »

— « Hier, reprit Wangwenhiang, quand j'ai voulu qu'il fît la seconde pièce de vers, j'avais bien déjà mon projet ; mais en y pensant de nouveau, je trouve à cela quelques inconvénients. »

« Quels inconvénients ? » demanda Tchangfanjou.

— « Je vois, dit Wangwenhiang, que ce Sse Liansian est un jeune homme plein d'ardeur, et qui paraît affamé de plaisir. Si nous n'allons pas

avec lui, comme il est déjà sur la trace, il n'aura
garde d'y renoncer. Bien certainement il fera
des recherches, et finira par aller tout seul.
S'il y va, ces deux pièces de vers ne manque-
ront pas de se retrouver, et si la chose vient
à s'éclaircir, vous conviendrez que cela sera infiniment désagréable. »

— « Vous avez parfaitement raison, reprit
Tchangfanjou; mais voici l'expédient dont je
m'avise; pourquoi n'irions-nous pas prévenir
le vieux concierge Toung, afin que si Sse Liansian vient le trouver, il le rebute dès l'abord,
qu'il l'empêche de voir personne, et qu'il ne lui
rende pas les vers? craignez-vous qu'il prenne
des ailes pour pénétrer dans la maison? »

— « L'expédient est bien imaginé. Mais si
on ne lui rend pas ses vers, et qu'il ne se voie
pas l'accès absolument fermé, sa résolution
subsistera toujours. Il vaudrait mieux l'engager
à venir avec nous, et faire une démarche
franche. »

— « Comment, faire une démarche franche? »
s'écria Tchangfanjou.

— « Il faut que nous prenions ces deux
pièces; que nous mettions mon nom sur la

première, et le vôtre sur la seconde. Sur celle
que vous aviez composée hier, nous inscrirons
le nom de Sse Liansian. Nous irons d'avance les
remettre au vieux concierge, et nous conviendrons avec lui qu'il nous répondra que le seigneur Pe n'est pas chez lui. Il gardera tous les
vers ensemble ; et dans la suite, toutes les fois
que Sse Liansian ira lui en porter d'autres, il
lui fera la même réponse et gardera tout ce
qu'il lui aura apporté, jusqu'à ce que, de l'intérieur, on lui ait signifié son congé. Comme il
est d'un autre pays, ce désagrément le rebutera. Pour le moment il s'agit de transcrire
cette pièce de vers ; mais ce n'est pas, vous le
savez, que je veuille partager l'empire avec
votre seigneurie. »

A cette proposition, Tchangfanjou tout
joyeux : « Voilà qui est merveilleusement combiné ! s'écria-t-il. Votre plan est bien conçu ;
mais il faut promptement le mettre à exécution. Qui pouvons-nous envoyer près du vieux
concierge ? »

— « Il s'agit ici d'une commission secrète,
répondit Wangwenhiang. Quel autre voulez-vous que nous en chargions ? Il faut que ce soit

moi qui y aille moi-même. Mais ce vieux Toung
est un ami de l'argent. Pour arranger la chose
avec lui, il faudra quelques billets. »

— « Pour une grande entreprise, on ne doit
pas plaindre une petite dépense. Portez-lui
deux onces (1), et promettez-lui que, quand
l'affaire sera conclue, on saura de nouveau re-
connaître ses services. »

— « C'est quelque chose que deux onces ;
mais ce vieux pendard a de grands yeux. S'il
ne prend pas la chose à cœur, au point où elle
est parvenue, cela n'ira pas bien. Donnez-lui
tout de suite trois onces comme gratification.
Peut-être, par la suite, aurons-nous encore
besoin de lui. »

Tchangfanjou, voyant qu'il ne pouvait en être
quitte à moins, se mit, bien à regret, à peser
trois onces qu'il enveloppa dans un papier ca-
cheté. Puis il prit l'une des pièces de vers
composées par Sse Yeoupe, et l'ayant trans-
crite avec beaucoup d'attention sur une belle
feuille de papier à fleurs, il y ajouta son propre
nom. Ensuite il fit copier par Wangwenhiang
celle qu'il avait composée lui-même, en y

_____

(1) Quinze francs.

4.

mettant le nom de Sse Yeoupe. Mais ne sachant
pas le surnom de ce dernier, Wangwenhiang
se borna à signer *Sse Liansian*. Après qu'il eut
fini, il serra le tout, avec l'argent, dans sa
manche, et partit pour Kinchi.

Le méchant met en usage mille sortes de ruses ;
Le fourbe employe cent intrigues pour arriver à son but.
Mais qui sait ? si le ciel en a autrement disposé,
Les ruses, les intrigues pourront bien finir par être déjouées.

Il faut savoir que le concierge Toung était
un vieux serviteur de la maison de Pe. Son nom
était Toungyoung, et on l'avait surnommé Siao-
thsiouan. L'argent était sa joie, et le vin,
l'objet de tous ses vœux. Pour de l'argent, il
eût oublié le soin de sa vie ; pour une tasse de
vin, il se serait laissé couper la tête. Quand on
avait affaire à lui, il suffisait de se munir d'une
cruche de vin ; et avec quelques billets, on lui
eût fait conter toutes les affaires de l'hôtel,
depuis la *grandeur de la cuiller jusqu'à la peti-
tesse de l'assiette*. C'était lui qui avait remis à
Wangwenhiang une copie de la pièce de vers
composée, par mademoiselle Pe, sur *les saules
printaniers*.

Ce jour-là, au moment où Wangwenhiang
vint le chercher, il se trouvait devant la porte,

et il était occupé, le dos tourné, à compter des
pièces de monnaie à un petit garçon, qu'il envoyait pour lui acheter du vin. Wangwenhiang,
s'étant approché de lui par derrière, lui donna
de son éventail deux petits coups sur l'épaule.
« Vous voilà bien gaillard, mon vieux ! » lui
dit-il.

Le concierge se retourna bien vite, et recon-
naissant Wangwenhiang, il se mit à rire : « Eh !
c'est M. Wang ! dit-il. Je peux bien être gaillard,
monsieur Wang, quand vous prenez la peine
de venir me voir. »

— « Il faut l'être, reprit Wangwenhiang, et
je viens aussi pour l'être avec vous. »

Le concierge, voyant à son ton de voix que
c'était de la besogne qui lui arrivait, renvoya
le petit garçon, et se mit à marcher le long de
la rue avec Wangwenhiang ; ils prirent un petit
sentier tournant et entrèrent dans une cabane
pour s'y asseoir : « Monsieur Wang, quel objet
vous amène près de moi ? » demanda-t-il.

— « Il s'agit, répondit Wangwenhiang, d'une
pièce avec les mêmes rimes que celle de l'autre
jour, sur *les saules printaniers*. J'aurais, à ce
sujet, un petit service à vous demander. »

— « Rien n'est plus aisé. Puisque les rimes

ont été remplies , si vous voulez voir mon
maître , vous n'avez qu'à rester assis un petit
moment; mon maître doit sortir aujourd'hui.
Attendez seulement qu'il soit près de passer la
porte , et vous et moi nous lui en dirons un
mot. Ce sera le moyen d'avoir une entrevue
avec lui. »

— « Il n'est pas encore nécessaire que je
voie votre maître. Je voudrais seulement, mon
vieux ami, vous donner la peine de faire la
commission : cela suffira. »

— « La chose est encore plus aisée, » dit le
concierge.

— « Véritablement, la chose est aisée ; mais
il y a pourtant un petit embarras, et c'est pour
cela, mon vieux ami, que je voudrais que vous
vinssiez à notre secours. »

— « Quel est ce petit embarras ? Si c'est
quelque chose qui soit en mon pouvoir, il n'y
a rien que je ne fasse pour vous obliger. »

Wangwenhiang tira de sa manche les deux
feuilles de papier à fleurs qu'il y avait serrées;
« Voici, dit-il, deux pièces de vers : l'une est
de la façon de mon ami , le seigneur Tchang;
l'autre est d'un certain M. Sse, notre camarade.
Serrez-les dans votre manche , et quand ils

viendront tous deux vous apporter des vers,
recevez-les de leur main, en leur disant que
votre maître est sorti. Vous mettrez de côté
les pièces qu'ils vous auront remises, et ces
deux-ci, vous irez les porter pour que votre
maître et sa fille les voient. Voilà le service
que je viens vous demander. »

— « A votre début, dit en riant le vieux concierge, j'ai bien deviné qu'il s'agissait de quelque tour de passe-passe. Mais puisque c'est
vous, monsieur Wang, qui m'en priez, je ne
saurais rien vous refuser; et s'il en arrive quelque mal, je place toute ma confiance en vous. »

En venant, Wangwenhiang avait déjà, sur
le chemin même, mis à part une des trois onces. Il prit les deux qui restaient, et les présen-
tant au concierge : « Voici, lui dit-il, un petit
cadeau que mon ami Tchang vous prie d'accepter; faites seulement ce qui a été convenu.
Quand tout sera fini et conclu comme il faut,
si le succès couronne nos espérances, il y a
encore par derrière une grosse masse d'argent (1). »

(1) Les Chinois ne font pas usage d'argent monnayé;
ils le gardent en masse, et en coupent une ou plusieurs
onces à mesure des besoins qu'ils en ont.

Le concierge tira sa bourse, et s'étant levé :
« Puisque je reçois de votre ami cette marque
de bonté, il faut, monsieur Wang, dit-il, que
nous allions ensemble ici devant à un cabaret
qu'on vient d'ouvrir nouvellement, pour voir
un peu comment vont les choses. »

— « Je serais charmé de vous y accompagner, reprit Wangwenhiang; mais mon ami
Tchang est à la maison, attendant les nouvelles.
Il faut encore que nous revenions ensemble, et
nous n'avons pas de temps à perdre. Une autre
fois je viendrai moi-même vous inviter. »

— « Eh bien! puisqu'aujourd'hui vous êtes
empêché, je ne veux pas non plus aller boire.
Il ne faut pas que le vin nous fasse gâter les affaires des autres. »

— « Vous êtes trop bon, et nous vous avons
beaucoup d'obligation, répondit Wangwenhiang; » et ayant quitté le concierge, il revint
en hâte trouver Tchangfanjou. Celui-ci, qui l'attendait, commençait à s'impatienter. Dès qu'il
l'aperçut, il alla au-devant de lui jusqu'à la
porte du jardin. « Avez-vous vu notre homme? »
lui demanda-t-il.

— « A l'instant même, et tout va bien. Je l'ai
accroché tout en arrivant, et je l'ai mis au fait.

Mais comment n'a-t-on pas encore vu le jeune
Sse, à cette heure? »

Il n'avait pas encore achevé ces mots qu'on
vit arriver Sse Yeoupe accompagné de Siaohi.
Les pensées qui, la nuit précédente, avaient agité
Sse Yeoupe, l'avaient long-temps tenu éveillé.
Mais au point du jour, il s'était abandonné au
sommeil, et il s'était levé tard. Après avoir fait
sa toilette et déjeûné, il se rendit sans délai au
jardin de Tchangfanjou, où tout justement il
trouva les deux autres réunis. Après qu'ils se
furent salués tous trois:

« Comment venez-vous à cette heure, ami
Liansian? » lui demanda Tchangfanjou.

— « Messieurs, répondit Sse Yeoupe, c'est
votre bonne réception d'hier au soir qui en est
la cause. Vous m'avez obligé de trop boire, et
voilà ce qui me fait venir si tard. Je vous prie
de m'excuser. »

Wangwenhiang se mit à rire : «Je crois, dit-il,
que c'est que vous n'avez plus envie de voir
mademoiselle Pe. »

— « Si vous ne désirez pas de la voir, messieurs, je n'en ai pas envie non plus, » répartit
en riant Sse Yeoupe.

— « Si nous voulons y aller, dit Tchangfanjou, voilà l'heure; ne perdons pas le temps en discours inutiles. »

— « Mes rimes ne sont pas encore remplies, dit Wangwenhiang; ainsi je n'ai rien à faire. Dépêchez-vous, messieurs, de copier vos vers, et partons. Si l'un de vous a d'heureuses nouvelles au retour, il sera bon de faire provision de vin pour nous divertir tous ensemble. »

Ils se rendirent au pavillon; Tchangfanjou et Sse Yeoupe transcrivirent, chacun, la pièce qu'ils avaient composée la veille, et la serrèrent dans leur manche. Ensuite Tchangfanjou prit un habit d'une couleur conforme à la saison, et ordonna à un valet d'amener trois chevaux. Ils y montèrent, et étant sortis du jardin, ils se dirigèrent du côté de Kinchi.

Ce n'est pas pour rien que l'abeille voltige autour de l'arbre,
Et la fourmi qui perce la fleur a aussi son intention.
Tout, dans la nature , sourit à la saison printanière.
Mais qui sait celui à qui le prix du printemps est réservé?

De Pechi à Kinchi il n'y avait qu'environ trois ou quatre milles. En peu de temps ils vinrent à ce dernier village, et ils arrivèrent devant la porte du château du seigneur Pe. Là ils descendirent de cheval tous les trois, et ils s'avan-

cèrent à pied. Le concierge Toung, qui était pré-
venu, s'était assis pour les attendre au bas du
pavillon de la porte. En les voyant approcher
de lui, il se leva : « Que désirent ces messieurs? »
leur demanda-t-il.

Ce fut Wangwenhiang qui s'avança, et montrant les deux autres : « Ces messieurs, répondit-il, se nomment l'un Tchang, et l'autre Sse. Ils
viennent rendre visite au seigneur votre maître. »

— « Ces messieurs, reprit le concierge, auraient bien fait de venir un quart d'heure plus tôt :
mon maître vient de sortir à l'instant pour aller dîner en ville. S'il y a quelque chose à lui
dire, vous pouvez m'en charger. »

— « Nous n'avons rien à lui dire, reprit
Tchangfanjou. Comme nous avons appris qu'il
a demandé des vers sur les saules printaniers,
nous en avons, monsieur et moi, composé chacun une pièce sur les rimes données, et nous
voulions le prier de nous en dire son avis. »

— « Messieurs, dit le concierge, si vous apportez des vers, vous n'avez qu'à les laisser.
Quand mon maître sera rentré, il les verra, et
sans doute il vous donnera un rendez-vous. »

Tchangfanjou se retourna pour consulter Sse
Yeoupe : « Laisserons-nous les vers, lui de-

manda-t-il, ou devons-nous attendre que nous puissions le voir ? »

— « Une entrevue vaudrait mieux, dit Sse Yeoupe, mais pourrons-nous revenir ? »

— « Mon maître dîne dehors, reprit le concierge, et je crains qu'il ne rentre un peu tard pour recevoir votre visite. »

— « Laissez les vers, c'est la même chose; dit Wangwenhiang; qu'est-il besoin d'entrevue?»

Alors tous deux prirent leurs pièces de vers, et les remettant au concierge, ils le prièrent; quand son maître rentrerait, de lui en dire un mot : « Cela va sans dire, répliqua le concierge, vous n'avez que faire de me le recommander. Mais, messieurs, où demeurez-vous ? Ayez la bonté de me le dire : car, lorsque mon maître aura vu vos vers, sans doute il désirera vous voir. »

— « M. Tchang, répondit Wangwenhiang, est un habitant de la ville de Tanyang, et le jardin fleuriste où il a établi son cabinet d'études est là-bas, dans le village de Pechi. M. Sse est logé dans le couvent de Kouanyin, au même village. »

— « Si c'est à Pechi que vous demeurez, il n'y a pas loin d'ici, reprit le concierge, on saura où aller quand il faudra vous inviter à revenir, »

Les trois jeunes gens lui renouvelèrent encore une fois leurs recommandations; après quoi s'éloignant du château du seigneur Pe, ils reprirent la route du village de Pechi où nous les laisserons.

Une petite troupe de fourbes trompe un ami ;
Un méchant valet, par amour pour l'argent, trompe son maître.
Mais si les vues du ciel sont différentes,
Leurs ruses n'enlèveront pas un si beau parti.

Après que le concierge eut vu les trois jeunes gens s'éloigner, il rentra dans sa loge, et serra les deux pièces de vers qu'on venait de lui donner dans un vieux registre de visites. Puis prenant à la main les deux autres pièces que Wangwenhiang lui avait apportées le matin, il alla les remettre au seigneur Pe.

Depuis que Pe avait prétexté une maladie pour revenir chez lui, il avait eu peu d'espoir de trouver, au fond d'un village, le gendre qu'il désirait. Mais sa fille Houngiu ayant composé une pièce de vers sur *les saules printaniers*, il avait ouvert un concours pour des morceaux sur le même sujet et avec les mêmes rimes, espérant que ce serait un moyen de découvrir quelqu'homme de mérite.

Vers le même temps un parent éloigné lui

avait amené un neveu pour demeurer chez lui
et lui tenir lieu de fils. Ce neveu était alors âgé
de quinze ans. Il s'appelait Kitsou et on l'avait
surnommé Yinglang. Il tenait de la nature une
faiblesse d'intelligence extraordinaire. Il ne se
plaisait qu'à aller çà et là jouer et perdre son
temps. S'il prenait un livre, il avait sur-le-champ
mal à la tête, et il était malade toute la journée.
Le seigneur Pe n'éprouvait envers lui que le
degré d'affection qu'on ne peut s'empêcher
de porter à un parent. Il l'avait pourtant gardé
chez lui, mais c'était à peu près comme s'il n'y
eût pas été; car le seigneur Pe ne s'en occupait
en aucune façon.

D'un côté un garçon qui ne se plaît qu'aux poires et aux châ-
　　taignes ;
De l'autre une fille capable d'étudier les mêmes livres que son
　　père :
Ne vous étonnez pas de ce renversement des propriétés des deux
　　principes :
La volonté du ciel fait tout tourner au bien de l'univers.

Au moment dont nous parlons, le seigneur
Pe était assis dans le pavillon *des songes cham-*
pêtres (1), à jouir du spectacle des fleurs, quand il

(1) Plus littéralement le pavillon *où l'on voit* des plantes en songe. Ces idées champêtres se reproduisent souvent, et on les verra reparaître dans le nom d'une de nos

vit entrer le concierge Toungyoung, avec les deux pièces de vers sur *les saules printaniers.* Il en déplia une, et y ayant jeté les yeux il fit un grand éclat de rire : « Se peut-il qu'il y ait sous le ciel un imbécile de cette espèce! s'écria-t-il, un extravagant capable de composer un pareil morceau et de me l'adresser! »

Il y jeta un second coup-d'œil, et ayant vu ces mots écrits au bas : *composé par Sse Lian-sian,* il la laissa tomber. Puis il prit la seconde, et l'ayant ouverte, il la parcourut. Bientôt, saisi de surprise, il s'écria : « Voilà des vers charmants! » Il relut avec plus d'attention, et frappant sur la table : « C'est un talent extraordinaire! dit-il, il y a long-temps que rien de pareil n'avait frappé mes regards. De qui cela peut-il venir? » Il chercha la signature avec empressement et lut : *composé par Tchang Outche de Tanyang.*

Ces mots redoublèrent son étonnement. « Tanyang est la petite ville ici près, dit-il; com-

héroïnes : il faut que les Chinois en soient fortement prévenus puisqu'ils s'en occupent en rêve. Nos hommes d'état ont bien d'autres choses en tête, et ce ne sont pas des plantes verdoyantes ou des arbustes en fleurs dont les images viennent troubler ou embellir leur sommeil.

ment un pareil mérite peut-il y rester enseveli ? »

Sur-le-champ, il appela une femme de chambre, et lui dit d'aller prier sa fille de venir le trouver. Mademoiselle Houngiu se rendit aux ordres de son père, et comme elle entrait avec empressement dans le pavillon, le seigneur Pe la reçut d'un air riant : « Mon enfant, lui dit-il, je t'ai trouvé aujourd'hui un époux digne de toi. »

— « Quel est-il, mon père ? demanda Houngiu, et en quels lieux en avez-vous fait la rencontre ? »

— « A l'instant même, dit Pe, deux jeunes bacheliers viennent de m'envoyer deux pièces de vers sur *les saules printaniers*. L'une de ces pièces n'a pas le sens commun; mais celle-ci annonce un poète d'un grand talent. » Et en parlant ainsi, il présenta à sa fille la pièce signée de Tchang Outche.

La jeune demoiselle la lut, et quand elle eut fini de lire les deux strophes : « Cette pièce est véritablement d'un très-bon goût, dit-elle, c'est un ouvrage digne des génies. Elle ne saurait être écrite que par un homme d'un talent extraordinaire. Mais, mon père, en avez-vous déjà vu l'auteur? »

— « Je ne l'ai pas encore vu ; mais à en juger par ses vers, ce doit être un homme d'un mérite peu commun. »

Mademoiselle Houngiu reprit la pièce pour la considérer encore. « Plus je regarde ces vers, dit-elle, et plus je me persuade que celui qui les a faits doit être un homme distingué et doué de toutes sortes de talents, un poète comparable à Litaïpe. Mais il a une bien mauvaise écriture, la main bien lourde et bien commune ! Cela décelerait deux mains différentes ; je craindrais que ce ne fût quelque misérable qui eût copié l'ouvrage d'autrui. A l'examen, il faudra, mon père, porter toute votre attention sur cette circonstance. »

— « Tu as raison, dit Pe. Demain, je le ferai inviter à me venir voir, et je le mettrai à l'épreuve sur quelqu'autre pièce. Nous parviendrons bien à discerner le vrai du faux. »

— « Il ne se peut rien de mieux : » répartit la demoiselle.

A l'instant même, Pe fit venir Toungyoung, et lui ordonna de prendre, le lendemain de très-bonne heure, un de ses billets de visite, et d'aller, de sa part, inviter le jeune M. Tchang, celui qui, le jour même, avait apporté une pièce de vers, en lui disant que lui, le seigneur Pe, désirait le voir.

— « Et M. Sse, dit le concierge, faudra-t-il aussi lui porter une invitation ? »

Pe se mit à rire : « L'inviter, lui ? ce ridicule personnage ! dit-il. Quel bavardage nous fais-tu là ? »

Toungyoung sortit avec empressement, et Pe reprenant la pièce de vers qui portait le nom de Sse Liansian, la montra à sa fille en lui disant : « Vois, mon enfant, si ceci n'est pas véritablement impertinent. »

Mademoiselle Pe ne put lire ces vers sans rire, et ils devinrent, pour le père et pour la fille, un sujet d'amusement et de plaisanteries.

Cependant au retour de la course qu'ils venaient de faire pour aller porter leurs vers, Tchangfanjou avait retenu Sse Yeoupe, et l'avait amené dîner avec lui à son jardin. A l'approche de la nuit, Sse Yeoupe s'en retourna au couvent. « Seigneur Sse, lui demanda Tsingsin, en quel endroit avez-vous donc dîné ? »

— « Je voulais revenir ce matin de bonne heure, répondit Sse Yeoupe. Mais hier, en me promenant au clair de lune, j'avais rencontré deux jeunes gens, messieurs Tchang et Wang, qui m'avaient retenu, pour composer, avec des rimes fournies par mademoiselle Pe , des vers *sur les saules printaniers.* Aujourd'hui nous sommes allés ensemble pour les lui porter, et la journée s'est passée, sans que je m'en sois aperçu. »

— « Avec vos agréments et votre mérite, vous seriez, Monsieur Sse, digne de la main de mademoiselle Pe ; et sans doute vous ne resteriez pas au-dessous de l'idée que s'est formée son père du gendre auquel il veut la donner. »

— « Je ne sais trop ce qu'on peut dire de ma personne, répondit Sse Yeoupe. Ce que je sais bien, c'est qu'étant chez vous, mon maître, je vous incommode et vous importune , et c'est ce qui me contrarie beaucoup. »

— « Pourquoi dites-vous cela, Monsieur Sse ? reprit Tsingsin. Vous resteriez un an, qu'il n'y aurait aucun inconvénient. Seulement la pauvreté de notre monastère ne nous permet pas de vous traiter comme il conviendrait. »

— « Votre bonté mérite toute ma recon-

naissance, dit Sse Yeoupe, et mes remercîments ne doivent pas avoir de fin ; mais si, par
la suite, je puis obtenir un pouce d'avance-
ment, mon devoir sera de m'acquitter envers
vous. »

— « Monsieur Sse, répartit Tsingsin, demain
peut-être vous allez contracter une alliance avec
le seigneur Pe. Vos deux maisons n'en feront
qu'une. Pourquoi vous regarderiez-vous ici
comme un hôte ? Je vous engage à aller
souper. »

— « Je ne souperai pas, répliqua Sse Yeoupe,
je vous demanderai seulement une tasse de
thé, et puis j'irai dormir. »

Tsingsin ordonna qu'on fît bouillir du thé
et qu'on en servît à Sse Yeoupe ; après quoi ils
se séparèrent et allèrent se coucher.

Le lendemain matin, Sse Yeoupe, s'étant
levé, ne songeait qu'à la réponse qu'il attendait
au sujet de sa pièce *sur les saules printaniers.*
Après avoir fait sa toilette, il allait sortir pour
se rendre de suite au jardin de Tchangfanjou,
lorsqu'il vit entrer Tsingsin, accompagné de
ce dernier et de Wangwenhiang. « C'est dans
cette chambre, disait le religieux, que loge le
seigneur Sse. »

En entendant ce discours, Sse Yeoupe sortit aussitôt pour aller à leur rencontre. « Seigneur Sse, lui dit en riant Tchangfanjou, vous voilà le visage tout épanoui : sans doute vos vers *sur les saules printaniers* ont produit leur effet. »

— « Comment serais-je assez heureux pour cela? dit Sse Yeoupe. Naturellement, seigneur Tchang, c'est vous qui devez l'emporter. »

— « Messieurs, interrompit Wangwenhiang en riant, vous avez tous les deux à la bouche de beaux discours de modestie, mais je ne sais trop ce que vous en pensez au fond de votre cœur. Là-dessus, je m'en rapporte à vous. »

Tous deux se mirent à rire à ce discours, et comme ils étaient à causer ensemble en ba-dinant, on vit arriver un domestique de la maison de Tchang : « Monsieur, dit-il, il y a dans le jardin un homme envoyé par le seigneur Pe, et qui vient vous engager de sa part à aller le voir et vous entretenir avec lui. »

En entendant ces mots, Tchangfanjou fut comme si le messager impérial était venu lui dire qu'il avait obtenu la première place au concours général de tous les lettrés; et le cœur plein de joie : « Et n'a-t-on pas invité le sei-

gneur Sse? demanda-t-il. Maraud que tu es ,
tu auras mal entendu. »

— « Il a dit bien nettement, répondit le domestique, que c'était le seigneur Tchang qu'il
venait inviter. »

— « J'imagine, lui dit encore Tchangfanjou,
qu'il nous aura fait inviter à y aller tous les
deux ensemble. »

— « Il n'a point parlé d'invitation pour le
seigneur Sse : » répliqua le domestique.

Sse Yeoupe demeura stupéfait en entendant
ces paroles, et se livrant à sa rêverie: « Comment, se dit-il à lui-même, peut-il arriver qu'on
invite cet homme? Voilà une chose bien
étrange. » Mais ne voulant pas laisser connaître
sa pensée, il se fit quelque violence pour dire:
« C'est bien vous qu'on invite, seigneur Tchang.
Si l'on eût voulu de moi, c'est au couvent ,
c'est ici qu'on serait venu. »

— « Messieurs, dit Wangwenhiang, si vous
avez quelques doutes , allons tous ensemble au
jardin , et nous connaîtrons la chose en un clin
d'œil. »

Ils prirent en toute hâte le chemin du jardin,
et ils virent Toungyoung assis dans le pavillon.
Les trois jeunes gens y entrèrent , et après

qu'ils lui eurent dit bonjour, le concierge s'a-
dressant à Tchangfanjou : « Monsieur, lui dit-il,
hier je me suis acquitté de votre commission.
Quand mon maître est revenu de dîner, je lui
ai donné la feuille de vers à emporter, et il l'a
lue par deux et trois fois avec mademoiselle,
dans le pavillon des *songes champêtres*. Il a fait
un grand éloge de votre talent, et il a dit qu'il
y en avait peu de pareils dans l'Empire ; qu'il
fallait que je vinsse aujourd'hui inviter M. Tchang
à aller le voir. » Et en parlant ainsi, il tira de sa
manche un billet de visite qu'il présenta à
Tchangfanjou. Celui-ci le prit et y lut ces huit
mots d'une grosse écriture: *Pe Hiouan a l'hon-*
neur de vous offrir ses respects. En les voyant
il fut saisi d'une joie qui se montra dans ses
yeux et sur ses lèvres, et il donna ordre à ses
gens d'apprêter un déjeûner. Wangwenhiang,
avec une intention maligne, demanda au concierge si son maître avait déjà vu les vers du
seigneur Sse ?

— « Je les lui ai remis, dit le concierge, et
il les a vus les premiers. Comment ne les aurait-
il pas vus ? »

— « Eh bien ! reprit Tchangfanjou, s'il les
a vus, qu'en a-t-il dit ? «

— « Je pense, répondit le concierge, qu'il a
eu beaucoup de plaisir à les voir ; car, en les
lisant, il a fait un grand éclat de rire. »

— « S'ils lui ont fait tant de plaisir, répartit
Tchangfanjou, comment n'a-t-il pas invité le
seigneur Sse à être de la partie ? »

— « Je lui ai demandé, répondit le concierge, si je devais inviter le seigneur Sse ;
mais j'ai été bien grondé à plusieurs reprises.
Peut-être a-t-il le projet de l'inviter un autre jour.
C'est ce que je ne puis savoir. »

Tchangfanjou pressa alors le concierge de se
mettre à déjeûner ; mais celui-ci s'y refusa :
« Je n'oserais, dit-il ; mon maître est d'un naturel très-prompt ; je craindrais de le faire attendre. Si vous pouviez, Monsieur Tchang, il vaudrait bien mieux que vous vinssiez tout de suite
avec moi. »

— « Pour cela, votre avis est excellent,
reprit Tchangfanjou. Mais, mon vieux ami,
c'est la première fois que vous venez me voir.
Vous ne devriez pas vous en aller sans avoir
rien pris. »

— « Monsieur, je suis votre serviteur, dit
le concierge. Bien certainement j'aurai d'autres

occasions de revenir vous importuner. Aujourd'hui, ce n'est pas le moment. »

— « Vous avez raison, mon vieux ami, reprit Wangwenhiang. Le seigneur Tchang est plein de cordialité; mais il faut couper court au repas. »

Tchangfanjou rentra bien vite, et faisant un paquet d'une once, il la donna au concierge, en lui disant : « Puisque l'heure nous presse, il faut obéir à la nécessité. »

Le concierge fit mine de refuser; mais il finit par recevoir le présent. Alors Sse Yeoupe voulut se lever et s'en aller; Tchangfanjou le retint: « Ne vous en allez pas, seigneur Sse, lui dit-il. Ce n'est qu'une entrevue que je vais avoir avec le seigneur Pe, et je reviendrai aussitôt. Je ne puis pas, je crois, être retenu longtemps. Son excellence le seigneur Pe voudra peut-être nous mettre aux prises vous et moi. Qui sait ? Il ne faut pas être si prompt. »

— « Vous avez raison, dit Wangwenhiang. Je tiendrai compagnie à M. Sse, et nous nous divertirons en vous attendant. Allez-vous en bien vite et revenez de même. »

Sse Yeoupe consentit à rester: Tchangfanjou alla mettre un habit neuf d'une belle étoffe, et s'étant muni d'un grand nombre de bagatelles pour servir de présents d'introduction, il ordonna qu'on préparât deux chevaux; il en monta un, et fit donner l'autre au concierge. Puis prenant congé des deux autres jeunes gens, il se dirigea du côté de Kinchi, intérieurement charmé de son succès. Cette fois, en se rendant à Kinchi, il se donna beaucoup de grands airs, qu'il n'avait pas lorsqu'il en était revenu la veille au soir.

Bien des singes vont ainsi dans le monde la tête levée ,
Se plaisant dans la fraude et montrant un visage déhonté.
Mais s'il y a quelque part un œil clairvoyant ,
Un beau matin tout se découvrira , et ils resteront couverts d'opprobre.

On trouvera dans le chapitre suivant le récit de la visite que Tchangfanjou rendit au seigneur Pe.

~~~~~~

CHAPITRE VIII.

LA SUIVANTE, D'UN OEIL FURTIF, RECONNAÎT L'ÉTOFFE.

On se défend difficilement du mensonge, du mélange du vrai et
du faux.
Mais la fleur précieuse se distingue par son parfum.
La pierre artificielle en impose d'abord par ses belles couleurs,
Mais l'éclat du rubis le fait aisément connaître.
De riches habits ne cachent pas les traits d'un rustre ignorant,
Et sa bassesse jure avec les étoffes brodées.
La beauté doit être la récompense du talent.
Que sert à un personnage ridicule toute la peine qu'il se donne?

Il ne fallut que peu de temps à Tchangfanjou pour arriver, avec le concierge, au château du seigneur Pe. Là, ils descendirent de
cheval, et Toungyoung introduisit Tchangfanjou dans un salon de réception, où il le fit asseoir; puis il alla promptement avertir son maître, et celui-ci ne perdit pas un moment pour
venir recevoir son hôte. En entrant dans le salon, il jeta un coup d'œil sur toute sa personne.
Or voici, à l'examen, ce qu'il remarqua dans
Tchangfanjou :

« Un extérieur commun, une tournure et
une physionomie vulgaires. Il était comme ren-
fermé en lui-même. Il avait l'air de la ruse et

5.

de l'effronterie: malgré toute sa parure, il n'a-
vait pas l'apparence d'un homme qui fait des
vers. Ses épaules arrondies, son ventre à plusieurs étages, tout son corps annonçait le contraire de la franchise et de la simplicité. Son
œil hagard, son sourcil contracté lui donnaient
tout-à-fait l'air d'un fripon. »

En l'apercevant, Pe ne put s'empêcher de
concevoir quelques soupçons : « Cet homme
n'a pas la mine d'un poète ! » se dit-il à lui-
même. Toutefois, puisqu'il l'avait invité, il ne
pouvait se dispenser d'aller à sa rencontre, et
de lui faire bon accueil. Au moment où Tchangfanjou vit Pe sortir de son appartement, il lui
fit la révérence avec empressement; puis, prenant les présents qu'il avait apportés, il les lui
offrit. Pe en choisit lui-même de deux sortes
qu'il fit mettre à part, et pria son hôte de s'asseoir. Celui-ci s'en excusa quelque temps par
modestie. Enfin tous deux prirent les places
qui leur appartenaient en cette occasion; et Pe,
entamant le premier la conversation: « J'ai reçu
hier, dit-il, le beau morceau que vous avez bien
voulu m'adresser. En vérité, tous les caractères
en sont d'or et de jaspe. J'y ai pris tant de plaisir que je ne pouvais m'en détacher. »

— « Je n'ai fait que peu d'études et mon talent est bien médiocre, répondit Tchangfanjou. Le hasard a voulu que j'eusse pour modèle une zibeline. Mais quand j'aurais le cœur (1) de la grosseur d'un boisseau, en vous offrant quelque chose d'aussi mauvais, je ne puis me défendre d'une frayeur inexprimable. »

— « J'ai vu hier par votre manuscrit que vous étiez de Tanyang. Cette ville est tout près d'ici : comment se fait-il qu'avec un mérite tel que le vôtre, votre nom ne soit pas, depuis long-temps, venu jusqu'à moi ? »

— « Ma maison est à Tanyang ; mais j'ai ici en face, au village de Kinchi, un petit jardin où je viens me retirer pour me livrer à l'étude, et je ne passe que peu de temps à la ville. De mon naturel, je suis très-peu ami du monde ; ainsi mon nom n'a pu s'élever jusqu'à vous. »

— « Je vois, reprit Pe, que vous êtes un véritable lettré, tout occupé du soin de votre perfection. On en trouve peu de cette espèce. »

Comme il achevait ces mots, les domestiques leur servirent le thé ; et après qu'ils l'eurent

(1) Mot à mot le fiel, qui est pour les Chinois l'organe du courage, de la grandeur d'ame, de la présomption et de l'impudence.

pris : « Mon jeune ami, dit Pe, lorsque je vous ai invité à venir me voir aujourd'hui, je n'ai pas eu d'autre motif que le plaisir extrême que m'ont procuré vos vers. J'ai seulement regretté de ne pas en avoir davantage, et je désirerais que vous voulussiez en composer une pièce ou deux en ma présence. Je me flatte que vous ne serez point avare du jaspe et des perles qui charmeront ma vieille imagination. » Et en parlant ainsi il donna ordre à ses domestiques d'apporter du papier et des pinceaux.

Tchangfanjou s'était fié à sa loquacité et à sa forfanterie pour soutenir la conversation sur le ton le plus élevé, et il espérait bien que rien ne viendrait arrêter son essor. Mais lorsqu'il entendit Pe lui demander de composer encore des vers en sa présence, il demeura comme un homme frappé de la foudre par un temps serein. Son ame semblait avoir abandonné son corps, et la crainte qui le saisit fut telle que pendant quelques moments il lui fut impossible d'ouvrir la bouche. Il allait pourtant refuser ; mais déjà les domestiques avaient apprêté une table à écrire, et l'avaient placée devant lui. Le papier, l'encre, les pinceaux, l'écritoire, tout y était préparé et en bon état. Tchangfanjou

demeura encore un instant comme hébété, et
tout ce qu'il put prendre sur lui, ce fut de s'excuser en disant : « Un pauvre écolier tel que
moi n'oserait se livrer à son inspiration devant
votre excellence. Jamais mon talent ne me sou-
tiendrait jusqu'au septième pas (1). Je ne saurais éviter de vous laisser un grand sujet de rire
à mes dépens. »

— « Manier le pinceau dans la compagnie
de son hôte, c'est un amusement de gens de
lettres. Si j'avais moi-même quelque sujet dans
la tête, ma verve une fois excitée ne se dissi-
perait pas aisément. N'ayez pas, mon jeune
ami, cet excès d'humilité. »

Lorsque Tchangfanjou vit que ses excuses ne
lui servaient de rien, le feu lui monta au visage,
un trouble extrême s'empara de ses sens, et
dans son embarras, il s'inclina plusieurs fois en
balbutiant des mots inarticulés : « Il faut que je
sois bien hardi... je prie votre excellence de me
donner un sujet, et quand j'aurai fini de le traiter, je la supplierai de m'accorder ses leçons. »

Pe s'arrêta un moment pour réfléchir : « Il
n'y a pas, dit-il ensuite, à chercher d'autre

(1) Jusqu'à la fin du grand vers chinois qui a *sept syllabes.*

sujet que celui des vers que vous avez faits hier *sur les saules printaniers*. Vous avez satisfait de la manière la plus agréable et la plus ingénieuse aux conditions que la rime vous imposait. Ainsi, mon jeune ami, si vous n'y voyez pas d'obstacle, ce sera sur le même sujet que je vous prierai de composer encore une autre pièce de vers, avec les mêmes rimes. »

Lorsqu'il entendit la proposition de composer encore sur le même sujet et avec les mêmes rimes, Tchangfanjou, qui se rappelait la seconde pièce improvisée par Sse Yeoupe, se sentit le cœur dilaté par la joie. Toutes ses transes se calmèrent, et l'ame tranquille, il se hâta de reprendre les airs et les manières d'un homme de lettres. Toutefois il affecta de s'excuser encore: « Je ne suis qu'un ouvrier inhabile et maladroit, dit-il; comment oserai-je jouer de la hache à la porte d'un palais? et pourtant, aux ordres réitérés de votre excellence, je ne dois pas désobéir. Je suis, je vous assure, en un grand embarras. »

— « Avec un mérite littéraire tel que le vôtre, voudrez-vous encore avoir tant de complaisance? » dit Pe.

Tchangfanjou s'inclina aussitôt : « Je vais donc

avoir cette témérité, » dit-il. Et aussitôt il se
saisit d'un pinceau, déploya une feuille de papier à fleurs, fronça le sourcil, feignit de réfléchir un instant, et après avoir par deux fois
branlé la tête, il se mit à écrire tout cou-
ramment. Quand il eut fini, il se leva, prit à
deux mains la feuille de papier, et vint la présenter à Pe en lui faisant une révérence. Pe la
reçut, et l'ayant considérée avec beaucoup d'attention, il reconnut que les termes en étaient
encore plus poétiques et plus élégants que ceux
de la première pièce. Il avait remarqué que
Tchangfanjou ne s'était pas arrêté pour réfléchir, et que son morceau avait été achevé dans
un instant. Les soupçons qu'il avait conçus en
voyant la physionomie et la mauvaise tournure
de Tchangfanjou, ainsi que les doutes qui lui
avaient été inspirés d'avance, se dissipèrent entièrement par cette épreuve à laquelle il venait
de le soumettre devant lui, et sans y penser, il
se mit à le louer et à l'exalter : « Quel beau talent ! s'écria-t-il, quelle facilité ! que de pensées
riches et noblement exprimées ! et par-dessus
tout cela, quelle rapidité ! vous êtes la personne que je cherchais dans tout l'empire, et

peu s'en est fallu, mon jeune ami, que je ne vous manquasse. »

Il se mit de nouveau à considérer les vers, et ayant appelé un domestique, il lui donna secrètement l'ordre d'aller les montrer à sa fille. Il ordonna en même temps qu'on servît le dîner dans le jardin derrière la maison, et retint Tchangfanjou pour boire deux ou trois tasses avec lui. En même temps il se leva et invita son hôte à entrer. Celui-ci voulut s'excuser et remercier : « J'ai déjà reçu tant de graces de votre excellence, elle m'a comblé de marques de bonté qui ont dépassé mes espérances. Je ne voudrais pas abuser encore ainsi de votre bienveillance à mon égard. »

— « Allons dîner ensemble pour consolider notre affection, reprit Pe, et ne soyez pas si cérémonieux. » En parlant ainsi, il le prit par le bras et le conduisit du côté du jardin.

L'homme excellent ne s'attache qu'au vrai mérite,
Et partout il rencontre de la fausse monnaie.
N'accusez pas la bizarrerie des affaires humaines,
C'est en cela même que brillent les vues du ciel.

En suivant Pe dans le jardin derrière la maison, Tchangfanjou éprouvait autant d'inquiétude que de satisfaction. Sa joie provenait de l'heureuse tournure que paraissait prendre le mariage, et son inquiétude était qu'arrivé/dans le jardin, on ne s'avisât de quelque bel objet qui présenterait matière pour des vers, et qu'on ne voulût l'obliger d'en composer, de telle manière que ses précédents succès ne vinssent à être perdus. Cette idée était comme un démon qui habitait dans son sein. En peu de temps ils parvinrent dans le jardin qu'ils examinèrent en détail. La variété des couleurs nuancées qu'on y voyait briller en faisait véritablement un séjour délicieux. On y apercevait

Le pêcher déployant son tissu d'écarlate, et le saule, son or suspendu,

Le prunier étendant l'ombrage de son jaspe éclatant de blancheur;

Et la pivoine dont l'œil ne peut compter les pétales,

Et mille pierres précieuses recueillies dans le calice des fleurs.

Plus loin,

On entendait la voix rauque de la pie, et le vol léger de l'hirondelle.

L'abeille et le papillon voltigeaient dans tous les sens;

C'était le règne du brillant printemps, la seconde ou la troisième lune.

Le zéphire, reçu dans les fleurs, y engendre les plus doux parfums.

En entrant dans le jardin, Pe conduisit Tchangfanjou dans les endroits les plus agréa-

bles. On eût dit que le mariage était déjà conclu, et que ce jeune homme était devenu son
gendre, tant il lui marquait d'égards et d'affection. Après quelques instants de conversation,
on servit, et tous deux se mirent à boire ensemble sous l'ombrage des fleurs.

Cependant mademoiselle Houngiu, qui savait
que ce jour-là son père devait mettre Tchangfanjou à l'épreuve, avait chargé une de ses femmes qui lui était le plus attachée, d'aller en secret jeter un coup-d'œil à la dérobée dans le
salon. Cette femme se nommait Yansou; elle
était depuis son enfance au service de mademoiselle Pe; elle avait reçu de la nature beaucoup d'adresse et d'intelligence. Elle était alors
parvenue à sa quinzième année.

Ce jour-là donc, après avoir reçu la commission de sa jeune maîtresse, elle était venue derrière le salon, et là, sans être aperçue, elle
avait examiné Tchangfanjou dans le plus grand
détail. Elle ne quitta qu'au moment où Tchangfanjou, après avoir composé, passa avec Pe
dans le jardin, pour se mettre à table. Elle revint alors avec les vers qu'il avait faits, et s'a-
dressant à Houngiu : « Cet homme, dit-elle,
est bien laid, bien commun, et d'une physio-

nomie bien désagréable: comment pourrait-il
être digne de vous? Prenez bien garde, mademoiselle, à ne pas vous laisser abuser dans
vos projets. »

— « Mon père lui a-t-il déjà fait composer
des vers? » demanda Houngiu.

— « Pour ses vers, ils sont faits, et les
voici, » dit Yansou, et elle les remit à sa jeune
maîtresse. Celle-ci les lut avec attention : « Voilà
de fort beaux vers, dit-elle ; à moins d'être un
homme de lettres du premier mérite, on ne
pourrait en composer de pareils. Comment se
fait-il que son extérieur et son langage se rapportent si peu? »

— « Si vous m'en croyez, dit Yansou, je
crains qu'il n'y ait encore dans tout ceci quelque
fourberie. »

— « Puisque les vers ont été écrits sous les
yeux de mon père, et qu'ils sont aussi beaux
que ceux de l'autre jour, quelle fourberie pourrait-il y avoir? »

— « Il n'y a guère moyen de s'assurer de ce
que quelqu'un a dans le fond du cœur, répondit Yansou; mais cette paire d'yeux-là n'est pas
de ceux sur le compte desquels on peut revenir. Un homme à talent de cette espèce! je ne

parle pas de vous, mademoiselle; mais moi, Yansou, on me proposerait de l'épouser, que je n'en voudrais pas. »

— « As-tu, reprit la demoiselle, entendu ce que mon père a dit après avoir vu ses vers? »

— « Votre père, répliqua Yansou, regarde aux vers, et ne regarde pas à la personne. En voyant les vers, il en a dit beaucoup de bien. Mais, mademoiselle, c'est ici une affaire importante, où il s'agit de votre vie tout entière, et vous devriez ne prendre conseil que de vous-même. »

Mademoiselle Pe avait été fort peu satisfaite à la vue d'une écriture vulgaire et mal formée; le discours de Yansou acheva de la glacer. Elle laissa, sans s'en apercevoir, échapper un long soupir, et s'adressant à Yansou : « Je suis bien malheureuse! dit-elle; depuis mon enfance, mon père s'occupe de me chercher un époux; et jusqu'ici il n'a pas rencontré un seul prétendant qui fût conforme à ses désirs. Hier, à la vue de ces vers, on se croyait déjà au comble de ses vœux: qui eût pu penser que ce n'était pas là l'homme accompli que nous désirons? »

Yansou se mit à rire : « Mademoiselle, dit-elle, quel sujet avez-vous de vous désoler? Il

y a un proverbe qui dit qu'une fille qui se ma
rie tard n'en a que plus de bonheur en mé-
nage. Le ciel vous a donné tant de talents et de
beauté en partage : sans doute il n'aura pas
manqué de faire naître un homme digne de
vous par le mérite et les agréments de la figure. Devez-vous vous rebuter de cette manière ? Vous n'êtes pas encore si vieille, mademoiselle : pourquoi seriez-vous si pressée ? »

Elle n'avait pas fini de parler quand on vit
Pe, qui venait de reconduire Tchangfanjou,
et qui rentrait pour se consulter avec sa fille.
Dès qu'elle l'aperçut, Houngiu courut à sa rencontre. « Eh bien ! mon enfant, dit Pe, je sup-
pose que tu as vu les vers que le seigneur
Tchang vient de composer tout-à-l'heure? »

— « Je les ai vus, mon père, » répondit-elle.

— « Hier, reprit Pe, j'avais eu quelque soup-
çon sur lui. Mais aujourd'hui, je l'ai mis à l'é-
preuve sous mes yeux. Il n'a ni cherché, ni réfléchi, et il a composé sa pièce au courant du
pinceau : c'est bien véritablement un homme à
talent. »

— « Pour son talent, reprit Houngiu, il
paraît qu'il n'y a rien à dire ; mais sa personne
y répond-elle ? »

— « C'est vraiment une chose singulière, dit Pe : sa personne n'est pas du tout comparable à son talent. »

En entendant ces mots, Houngiu baissa la tête et garda le silence. Pe voyant qu'elle se taisait : « Mon enfant, si tu as quelque répugnance, il serait inutile de te contraindre. Mais je crains que si nous manquons un homme de ce mérite, il ne soit difficile d'en trouver un autre. »

Houngiu continua de garder le silence, et après un instant de réflexion : « Mon enfant, dit Pe, s'il te reste encore quelques soupçons, il me vient une idée : je pourrais l'inviter à venir demeurer chez moi (1), en lui proposant seulement de se charger de l'éducation de Yinglang. Ce serait un moyen de le mettre tout doucement à l'épreuve, et par là nous parviendrions à savoir le fond des choses. »

— « De cette manière, cela serait très-bien ! » répondit Houngiu. Pe, voyant que sa fille se calmait et paraissait plus satisfaite, fit venir

(1) Littéralement à occuper le pavillon occidental, c'est-à-dire l'appartement des hôtes, quoiqu'il puisse être placé dans un endroit quelconque de la maison ; lui donner l'appartement oriental, serait en faire un gendre. On a déjà remarqué le sens de ces façons de parler.

Toungyoung et lui donna ses ordres en ces termes : « Demain, tu diras à mon secrétaire d'écrire une lettre particulière, et tu prépareras les présents d'usage, pour aller, de ma part, inviter ce M. Tchang qui sort à l'instant d'ici, à venir dans ma maison diriger mon fils dans ses études. »

Toungyoung, chargé de cette commission, sortit pour aller apprêter les lettres et les présents.

Cependant Tchangfanjou était enchanté de ce que Pe l'avait retenu à dîner, et l'avait comblé de marques d'amitié. Lorsqu'il revint chez lui, le soleil était déjà chargé de teintes jaunâtres. Il trouva Sse Yeoupe et Wangwenhiang occupés à causer dans le pavillon en attendant ses nouvelles. Il se hâta de monter auprès d'eux, et après les avoir salués : « Messieurs, dit-il, je vous ai manqué de parole aujourd'hui : j'ai bien des excuses à vous demander. »

— « Rien n'était plus naturel, » répondirent-ils tous deux ensemble ; et le questionnant aussitôt : « Puisque Pe-Thaïhiouan vous a retenu, sans doute il y a quelque chose de conclu pour le mariage ? »

Tchangfanjou, l'air satisfait et la figure

tout épanouie, leur raconta en riant comment on l'avait reçu, et comment on l'avait retenu à dîner. Il ne leur dit pas un mot des vers qu'il lui avait fallu composer ; mais il leur fit de tout le reste un récit détaillé. Puis il ajouta : « Quant à l'affaire du mariage, il n'y a pas encore de promesse formelle ; mais mon bonheur veut qu'on me montre une partialité marquée. »

— « Je vois, dit en riant Wangwenhiang, que votre mariage est plus que décidé. »

Sse Yeoupe seul conservait intérieurement quelques doutes : « Si c'est pour une pareille pièce de vers, pensait-il en lui-même, qu'on le juge digne du prix, cette jeune demoiselle ne saurait être regardée comme douée d'un véritable talent poétique. Mais alors comment a-t-elle pu composer elle-même de si beaux vers, et comment a-t-elle été arrêtée jusqu'ici pour le choix d'un époux ? »

Toutefois, observant la satisfaction que Tchangfanjou éprouvait de son succès, et n'ayant rien à lui opposer, il se sentit dans une position désagréable, et voulut s'en aller. De son côté Tchangfanjou, sans chercher à le retenir, le reconduisit jusqu'à la porte.

En revenant, il s'adressa à Wangwenhiang :

«J'ai fait un bon tour aujourd'hui! » lui dit-il en riant; et aussitôt il lui raconta comment Pe avait voulu le soumettre à une nouvelle épreuve en sa présence, et comment il avait eu le bonheur de s'en tirer.

Wangwenhiang lui fit un salut : « Vous êtes véritablement un homme heureux, lui dit-il. Après une pareille opération, votre mariage doit être bien avancé. Les choses se sont arrangées à merveille. Que j'ai bien fait, dans l'origine, de garder cette autre pièce de vers! »

— « Je puis bien dire, reprit Tchangfanjou, que le ciel m'a servi en ce jour. Mais ce qui m'inquiète, c'est que j'ai peur que le vieux bonhomme ne soit pas encore satisfait, et qu'il ne veuille me faire subir quelque nouvel examen. Il y va pour moi de la vie ou de la mort. »

— « Puisqu'il vous a lui-même éprouvé aujourd'hui, vous avez en cela même une bonne garantie pour l'avenir. »

— « C'est une garantie qui ne durera qu'un certain temps, et à la fin, de quoi me servirai-je pour le contenter? »

— « Cela n'est pas difficile, dit Wangwenhiang. Il faut seulement, lorsque vous vous trouverez avec Sse Yeoupe, lui témoigner de

l'affection, et l'engager à rester ici; et s'il se
présente quelque sujet très-difficile à traiter,
le charger de s'en acquitter à votre place : ne
sera-ce pas un grand soulagement pour vous ? »

Tchangfanjou fut charmé de cette idée: « Ce
que vous me proposez là est parfaitement bien
pensé, dit-il. Dès demain j'irai le trouver, et je
l'engagerai à venir demeurer dans mon jardin. »

Effectivement, le lendemain de très-bonne
heure, dans la crainte que Sse Yeoupe en voyant
son affaire manquée ne partît sans en avertir, il
fit sa toilette, et se rendit en hâte au couvent,
pour lui adresser son invitation. Sse Yeoupe n'é-
tait pas encore levé; en voyant arriver Tchangfanjou, il sortit du lit précipitamment : « Seigneur
Tchang, lui dit-il, qui vous amène de si bonne
heure ? »

— « Hier, en rentrant, répondit Tchangfanjou, j'avais la tête un peu échauffée et les membres fatigués : je ne vous ai pas engagé à rester
pour prendre une collation. C'est une faute que
j'ai commise à votre égard, et j'ai craint que
vous ne vous en fussiez formalisé, que vous
n'eussiez pu croire que le succès que j'avais obtenu relativement à ce mariage me faisait oublier mes amis; c'est pourquoi je suis venu

tout exprès pour vous prier d'agréer mes excuses. »

— « Après avoir dû au hasard l'avantage de
faire votre connaissance, et lorsque j'ai reçu de
vous des marques de bonté qui sont gravées
dans mon cœur, de quoi aurais-je pu me for-
maliser ? » dit Sse Yeoupe.

— « Si vous n'êtes pas fâché contre moi, dit
Tchangfanjou, je voudrais vous emmener avec
moi à mon jardin, afin d'y passer quelques
jours dans votre compagnie. Si vous ne répu-
gnez pas à venir loger chez un ami, je regarde-
rai cela comme une grande preuve d'affection. »

Tout ce qui venait d'arriver avait laissé
beaucoup d'incertitudes dans l'esprit de Sse
Yeoupe, et il n'était pas encore parvenu à y
rien voir de clair. Il n'avait donc pas pris de
résolution pour son départ, et la proposition
de Tchangfanjou lui fit concevoir un projet.
« Vous m'avez déjà comblé d'amitiés, dit-il ;
vous m'avez si bien traité de toutes manières,
que je ne pourrais supporter l'idée de prendre
simplement congé de vous et de partir. Mais je
craindrais, si je résidais dans votre jardin, de

vous devenir à charge, et cela serait trop incon-
venant. »

— « Si vous avez pour moi les sentiments
d'un ami, il ne faut plus parler de tout cela.
Ce langage est déplacé entre nous. » Et aussitôt
s'adressant à Siaohi : « Jeune homme, lui dit-il,
disposez bien vite le bagage de votre maître
pour l'emporter. »

— « Le hasard m'a conduit ici, reprit Sse
Yeoupe. Je n'ai qu'un cheval qui est là-bas derrière, et je ne me suis chargé d'aucun bagage. »

— « Eh bien ! cela vaut mieux encore, » dit
Tchangfanjou. Et il se leva pour attendre que
Sse Yeoupe eût achevé sa toilette. Ce dernier
ne s'arrêta que le temps nécessaire pour aller remercier Tsingsin et prendre congé de lui ; après
quoi, ayant fait tenir la bride de son cheval par
Siaohi, il s'en vint avec Tchangfanjou dans le
jardin où il devait faire son séjour. Pour tout ce
qui avait rapport au thé et aux repas, son nouvel hôte redoubla de soins, et se montra le plus
attentif et le plus obligeant du monde.

Un homme qui a ses vues rencontre un autre hommes qui a les
siennes de son côté.
Tous deux sont au printemps de leur âge.
Croirait-on que dans l'ardeur qui les anime,
Chacun d'eux sacrifierait volontiers sa vie ?

Les trois jeunes gens étaient à causer ensemble dans la bibliothéque, lorsqu'un domestique annonça l'arrivée du vieux concierge de
la maison de Pe. A cette nouvelle Tchangfanjou ne put contenir sa joie, et il sortit du
pavillon pour aller seul à sa rencontre. Le
concierge entra effectivement, et après les salutations : « Mon maître, dit le vieux domestique, vous présente ses respects, et ses excuses pour la manière peu convenable dont il
vous a reçu hier. »

— « Hier, reprit Tchangfanjou, j'ai été véritablement comblé des témoignages de son
affection, et je voulais tout justement aller
aujourd'hui lui en exprimer ma gratitude. Mais,
mon vieil ami, quel sujet vous ramène ici ? »

— « Monsieur a un jeune garçon qui est à
présent dans sa quinzième année. Frappé de
votre beau talent et de vos vastes connaissances, il voudrait que vous daignassiez donner
des soins à l'instruction de ce jeune homme
pendant une année. Voici la convention par
écrit qu'il a fait préparer, et quelques présents
qu'il vous envoie, et il désire bien que vous
n'opposiez aucun obstacle à sa demande. »

A cette proposition Tchangfanjou se trouva

hors d'état de prendre un parti, et ne se souciant ni de refuser, ni d'accepter, il prit la convention et les présents, et remonta au pavillon pour en conférer avec Wangwenhiang et Sse Yeoupe. « Quel peut être l'objet de ceci? » leur demanda-t-il.

— « Rien autre chose, répondit Sse Yeoupe, sinon que touché de votre mérite, il désire vous avoir près de lui. »

— « Mais d'un précepteur à un gendre, il y a une grande différence, reprit Tchangfanjou. Le bonhomme n'aurait-il pas quelque vieille dame qui aurait fait tourner la chance? »

— « Vous n'y êtes pas! dit en riant Wangwenhiang; c'est que par tendresse pour sa fille, il craint de ne pas être heureux dans son choix, s'il était trop précipité. Il veut vous connaître à fond et vous observer en détail; voilà pourquoi il désire que vous alliez demeurer chez lui en qualité d'hôte. Il verra si vous êtes d'un caractère rassis ou léger; si vous aimez l'étude ou si vous ne l'aimez pas. Par là vous vous insinuerez insensiblement dans ses bonnes graces, et vous arriverez à votre but. C'est une excellente occasion: comment pouvez-vous tarder ou balancer encore? »

Tchangfanjou goûta beaucoup cet avis, et
sortit pour aller rendre réponse au vieux
concierge : « Je ne voudrais pas, lui dit-il,
aller légèrement m'établir chez toute autre personne. Mais je ne saurais refuser une telle
marque d'estime de votre maître. Je ne puis
donc qu'accepter sa proposition. Seulement,
mon cher Siaotsiouan, il y a une chose dont
je vous prierai de vous charger : il faut que
vous disiez à votre maître que j'ai besoin
d'avoir une bibliothèque dans un lieu tranquille
et retiré, où nul importun ne vienne me déranger, et où je puisse me livrer tout entier à
l'étude. »

—« C'est une chose facile, » dit Toungyoung ;
et prenant congé à l'instant, il sortit pour aller
rendre la réponse à son maître.

Pe fut très-satisfait de voir que Tchangfanjou
acceptait sa proposition ; et la condition qu'il
y mettait, d'avoir un cabinet tranquille et retiré, ajouta encore à son contentement. A
l'instant même il ordonna de disposer, de nettoyer et de mettre en état une pièce qui était
derrière le jardin, et après avoir fait choix d'un
jour heureux, il envoya prier Tchangfanjou
de venir demeurer chez lui.

Celui-ci ne fut pas plutôt installé dans son nouveau séjour, qu'il se mit à faire l'homme d'importance et à se donner les airs d'un ardent ami de l'étude. Assis ou debout, il avait constamment un volume à la main, et s'il voyait venir quelqu'un, il se mettait bien vite à murmurer tout bas quelques paroles comme un homme qui apprend. Il avait été charmé de trouver dans son disciple Yünglang un élève tout-à-fait digne de son maître. Leurs inclinations s'accordaient parfaitement bien ensemble. Il y avait bien dans le reste de la maison une ou deux personnes qui auraient pu le découvrir; mais Tchangfanjou n'était pas un précepteur comme les autres. Son goût ne l'entraînait pas vers les livres; mais il savait boucher les deux yeux aux gens avec des pièces de monnaie. Il était d'ailleurs d'une humeur accorte et complaisante: il recevait bien tout le monde, et grands comme petits venaient babiller avec lui, de manière que quand bien même il eût laissé quelques empreintes *du pied du cheval*, chacun se fût empressé de les couvrir.

Superficiel dans l'étude des livres;
Il était profond dans l'art de tromper les hommes.
Des inclinations basses et quelques largesses;
Valets et esclaves, tous seront bientôt gagnés.

Un jour , un bouquet de poiriers à fleurs rouges qui était au-dessous du pavillon des songes champêtres s'était couvert d'une quantité prodigieuse de fleurs. En les voyant, Pe dit à sa fille : « Demain je ferai préparer un coffre (1), et j'enverrai inviter Tchangfanjou à venir jouir de la vue de ces poiriers. Puis je le prierai de composer sur ce sujet une chanson en vers mêlés , que l'on puisse mettre en musique. Je jugerai par là de son talent, et cela sera en même temps pour nous un sujet de divertissement. »

Pe avait à peine prononcé ces mots qu'il y eut quelqu'un qui vint à l'instant même en faire part à Tchangfanjou. Cet avis ne lui causa pas une petite frayeur. Le seul expédient dont il s'avisa fut d'écrire un billet, et d'envoyer quelqu'un avec la rapidité d'une étoile qui file, pour inviter Sse Yeoupe à venir le voir à son logement.

Sse Yeoupe était alors seul, privé de toute société ; il aurait bien voulu apprendre quelques nouvelles : mais il ne savait comment s'y prendre pour s'en procurer. L'invitation de

(1) Pour mettre les cruches, les tasses, les cuillers et les autres objets destinés à une collation dans un jardin.

6.

Tchangfanjou arriva tout à propos : elle lui offrait l'occasion qu'il désirait, et il s'y serait rendu le jour même ; mais il était déjà tard, et tout ce qu'il put faire, ce fut de répondre par un billet à Tchangfanjou, qu'il irait le trouver le lendemain matin de bonne heure.

Tchangfanjou, tourmenté de la crainte que quelque retard ne vînt gâter son affaire, ne put fermer l'œil de toute la nuit. Dès le point du jour, il envoya quelqu'un à Sse Yeoupe pour lui rappeler sa promesse ; lui-même se tint à la porte derrière le jardin pour l'apercevoir de plus loin.

Heureusement Sse Yeoupe avait aussi des vues de son côté ; et sans attendre qu'on vînt le presser, il s'était déjà mis en route. Dès que Tchangfanjou le vit arriver, il lui sembla que le ciel lui-même venait à son secours. Il courut avec empressement au devant de lui, et l'ayant salué, il le prit par la main et le fit entrer avec lui dans la bibliothéque : « Mon ami, lui dit-il, depuis que je suis venu m'établir dans cette demeure, je n'ai pas été un quart d'heure sans penser à vous. »

— « Il en a été de même de moi, répondit Sse Yeoupe. J'ai eu bien des fois la tentation de ve-

nir vous voir ; mais j'ai craint que l'accès de ce
lieu-ci ne fût-pas facile. »

— « Puisqu'on m'a invité à venir y demeurer, je suis le maître ici, reprit Tchangfanjou.
Quelles difficultés pouviez-vous craindre ? »

Comme ils étaient à causer ensemble, Yinglang entra pour prendre sa leçon. « J'ai quelqu'un chez moi, lui dit Tchangfanjou, vous au-
rez congé aujourd'hui. »

Yinglang s'en alla tout joyeux de cette nouvelle ; et Tchangfanjou reprenant la conversation : « Il y a bien long-temps que nous ne nous
sommes trouvés ensemble, dit-il. Sans doute,
depuis que vous habitez mon jardin, vous au-
rez composé un bon nombre de pièces. »

— « Vous n'y êtes plus, mon ami, répondit Sse Yeoupe. Seul comme je suis dans cette
demeure, il ne me prend pas grande envie de
composer. Mais vous qui êtes ici avec d'habiles
poëtes, vous avez certainement produit plusieurs excellents morceaux. »

— « Je suis ici tous les jours avec mon élève
qui s'attache à mes pas. Comment voulez-vous
que mes pensées se portent vers ces objets ?
Hier pourtant j'ai dirigé ma promenade du
côté du pavillon, et j'ai vu dans l'intérieur un

poirier dont les fleurs rouges sont tout épanouies et jettent le plus vif éclat. J'aurais eu
quelque tentation d'en faire le sujet d'une pièce
de vers; mais j'ai craint d'y donner plus de
peine que la chose ne valait, et il m'a pris fantaisie de composer seulement une petite chanson. Je suis depuis ce temps à la fredonner ;
mais je ne l'ai pas encore mise par écrit. »

— « Ne croyez pas, reprit Sse Yeoupe,
qu'une bonne chanson soit une chose si facile
à faire. Pour des vers ordinaires, il suffit de
distinguer deux tons, *l'égal* et *l'inégal* (1) ; mais
dans une chanson, il faut marquer les quatre
tons, l'*égal*, l'*élevé*, le *prolongé* et le *rentrant* (2),
avec la distinction des consonnes claires et ob-
scures, suivant les intonations masculines et
féminines. Si vous manquez un seul mot ou un
seul accent, cela ne s'accorde plus avec les no-
tes de l'air. Vous vous exposez aux railleries
des connaisseurs. Aussi appelle-t-on ces sortes
de morceaux *pièces d'arrêt*, parce qu'on ne
saurait les composer en courant. »

— « Si cela est si compliqué, répartit Tchang-

(1) Comme nous dirions les *longues* et les *brèves*.
(2) Pour ces termes techniques de la prosodie chinoise,
les curieux pourront voir la *Grammaire chinoise*, p. 172.

fanjou, je ne m'aviserai pas de composer de chanson, pour qu'on vienne se moquer de moi. Mais vous, mon frère, qui n'êtes point avare d'or et de jaspe, je vous prierais d'en faire une petite; ensuite je m'attacherais soigneusement à en observer les consonnances et les accents, sans y rien manquer. Seriez-vous d'humeur, mon ami, à me donner une leçon? »

— « Les vers, les chansons, ce sont les amusements des gens de lettres à la maison : en prenant le thé, en buvant ensemble, quand il faut en composer, on en compose; pourquoi ne serais-je pas d'humeur à vous satisfaire? mais dans quel endroit est ce poirier à fleurs rouges? Si vous vouliez m'y faire jeter un coup d'œil, cela pourrait m'inspirer. »

— « C'est un bouquet de poiriers autour du pavillon des songes champêtres, répondit Tchangfanjou. Si vous désirez les voir, nous n'avons qu'à monter à la galerie des fleurs, et de là nous les apercevrons. »

Les deux jeunes gens traversèrent le jardin en se tenant par la main. Ils montèrent à la galerie des fleurs, et de cet endroit, par de-là la muraille de séparation, ils jetèrent les yeux dans l'intérieur, et virent un poirier à fleurs rouges dont le branchage s'élevait au-dessus du mur. Les fleurs tout épanouies semblaient avoir été teintes de sang, et produisaient l'effet le plus agréable. Ssé Yeoupe ne pouvait se lasser de les considérer et de leur donner des éloges. «Voilà de bien belles fleurs! dit-il; elles méritent assurément qu'on les chante; mais c'est dommage d'en être séparé par la muraille. On ne jouit pas complètement de la vue. Ne pourriez-vous nous faire entrer dans le pavillon pour les contempler ? Cela serait infiniment plus agréable. »

— «Nous ne pouvons y aller, répondit Tchangfanjou. Le pavillon des songes champêtres est la bibliothèque intérieure du seigneur Pe, et il communique avec le salon où sa fille travaille à des ouvrages de broderie. Comment voulez-vous qu'il souffre que des visiteurs aillent s'y promener ?»

— «Si ce lieu communique avec l'appartement intérieur et le salon de la demoiselle de la maison, il est tout simple que nous ne puissions pas y pénétrer, » dit Ssé Yeoupe.

Après être restés ensemble quelque temps dans la galerie des fleurs, les deux amis revinrent s'asseoir dans l'appartement de Tchangfanjou. Celui-ci n'avait qu'une pensée : c'était d'engager Sse Yeoupe à faire la chanson. Il craignait surtout que si celui-ci tardait trop, il n'eût pas le temps de la composer, ou s'il l'avait finie, de n'avoir pas lui-même le temps de l'apprendre par cœur. Il était donc uniquement occupé de le presser : et Sse Yeoupe, qui de son côté avait l'esprit rempli de l'idée de la demoiselle Pe, n'avait pas besoin qu'on l'excitât. Il se munit d'un pinceau, et, cédant à son inspiration, il se mit à verser ses pensées sur le papier.

Il faut un récit séparé pour faire voir la belle entr'ouvrant furtivement la porte de son appartement parfumé, et l'odieux prétendant poursuivi par l'inquiétude jusque sur le lit de l'Orient (1).

Le passereau doré et la cigale
Cachent sous le voile du mystère leurs efforts pour se rapprocher ;
Manhi croit avoir dérobé l'hymne de la jouissance ;
Mais déjà Soungiu touche au mur oriental.

On verra dans le chapitre suivant si Sse Yeoupe composa la chanson qui lui était demandée.

(1) Voyez ci-dessus, p. 181.

~~~~~~

CHAPITRE IX.

EN ÉCARTANT LA PRUNE, ON CHERCHE UNE PÊCHE DANS LA GALERIE DES FLEURS.

Que le cœur soit glacé ou brûlant, endurci ou sensible,
Quelque chose y conserve le sentiment de l'harmonie.
Ici c'est le refrain d'une chanson qu'on entend à côté de la coupe
    du buveur ;
Là, derrière ces fleurs, c'est le profil d'un amant que l'on con-
    temple.
Qui voudrait ternir l'éclat de l'albâtre,
Ou laisser la perle flotter au hasard ?
La simple colombe s'épuise à combattre pour son nid ;
Mais c'est le couple d'oiseaux fidèles qui est le sujet favori des
    broderies.

Sse Yeoupe, pressé par Tchangfanjou qui
voulait absolument lui faire faire une chanson,
et plus encore par les pensées dont il était agité
au sujet de mademoiselle Pe, prit de là son sujet
et s'abandonnant à sa verve, il laissa courir son
pinceau et composa une *pièce d'arrêt*, comme
il l'avait dit lui-même. Vous l'eussiez vu faire
pleuvoir sur le papier l'encre qu'il avait re-
cueillie sur l'écritoire. Il ne prit pas plus d'un
quart d'heure de répit, et bientôt il eut terminé
sa chanson improvisée. En la remettant à

Tchangfanjou: « Je réponds bien mal à votre désir, ne vous moquez pas de moi, mon ami, »
lui dit-il.

Tchangfanjou la prit et la lut avec beaucoup
d'attention. Voici ce qu'il y trouva (1).

CHANSON

Sur un poirier à fleurs rouges.

LES DÉLICES DE LA PROMENADE.

Vous cherchez l'ombre ; et quoi de plus doux qu'une belle nuit,
A l'air, au clair de lune, avec un objet chéri !
Qui aurait cru le printemps si prodigue ?
Il couvre de rubis les branches des arbres.
Ce ne sont de toutes parts que feux qui étincellent.

(1) Bien des traducteurs changent la forme en conser-
vant le fond des idées dans les passages qu'ils ne compren-
nent pas entièrement : nous avons fait ici précisément le
contraire. Nous avons conservé l'ordre des couplets, leurs
titres énigmatiques, la coupe des vers ; mais nous ne nous
flattons nullement d'en avoir rendu le sens. A l'exception
de quelques phrases qui ne sont pas susceptibles de deux
interprétations, il se pourrait bien que la *chanson* qu'on va
voir n'eût presque rien de commun avec l'original. Il faut
renoncer à saisir et à rendre les métaphores et les allusions
qui font la beauté de ces sortes de pièces. Le lettré le plus
versé dans le français ne saurait sentir la finesse d'une de
nos ariettes ni pénétrer les profondeurs d'un nocturne. Les
chansons chinoises ont précisément un mérite aussi insai-
sissable. On a vu dans la préface quelques-uns des motifs
qui tiennent notre conscience en repos sur les infidélités
que nous avons dû commettre ici, quelque graves et
quelque multipliées qu'elles puissent être.

Vous demandez si c'est un amandier ou un pêcher.

Je crois y voir les traces du sang de deux êtres qui se consument en
    pensant l'un à l'autre.

L'IVRESSE PRODUITE PAR LE VENT D'ORIENT.

Ces belles teintes purpurines percent la bruine qui enveloppe le
    bosquet.

La moitié de ces pétales sont entraînés par le courant dont ils font
    rougir la surface.

Redressant leurs têtes d'écarlate, ces fleurs couvrent les branches
    d'une couche de neige.

On dirait qu'une belle au pied de cette galerie

Assemble avec art mille vêtements de soie.

Des nuages colorés, une brume que condense la gelée,

Sont le fard qui rend leurs teintes plus vives ;

Et l'on entend la voix du coucou perché sur ces branches.

LA JEUNE BEAUTÉ.

Que cherche ici mon ame qu'obscurcissent depuis long-temps les
    nuages de la mélancolie ?

Avec transport elle poursuit le printemps sur deux joues par-
    fumées.

Parmi cette pluie de roses, de neige odorante,

Que le bourdon et le papillon stupide ne viennent pas se glisser
    furtivement !

LA LUNE AU DESSUS DU POIRIER DU JAPON.

Tissu dont les nuances sont élégamment mariées,

C'est le printemps qui a tracé tes agréables découpures ;

C'est lui qui t'a donné ces formes gracieuses.

Au bord de l'eau, au travers du bosquet,

Quelles sont ces étoffes chargées des plus doux parfums ?

Quel est derrière ce treillis verni couleur de pourpre

Ce visage enivrant dont la délicatesse nous subjugue ?

Que le candélabre d'argent se charge de bougies ;

Ces attraits, cette parure, font des blessures qui nous ôtent l'usage
    de nos sens.

Prenez enfin pitié du poète,
O vous! qui pouvez remplir son cœur d'une éternelle reconnaissance.

LES CINQ OFFRANDES.

Ces pétales blancs, ces filaments rouges sont comme le frère et la
sœur.
Leurs touffes épaisses, leurs teintes brillantes,
Ce duvet qui les orne encore,
Sont pour nos yeux un spectacle enchanteur.
Que de charmes vous représentez à l'hôte émerveillé qui vous
visite.
Appas qui nous ôtez la raison,
Douceur qui nous perce le cœur!
Craindriez-vous le zéphire nuptial?
Je crois voir, lorsque le soleil s'est entouré d'un brouillard jau-
nâtre,
Et que la lune vous verse sa lumière,
L'être chéri qui, debout en secret près de vous,
Étend sur vous un voile de gaze.

LE COEUR DE JASPE.

Cœur odorant dont rien n'efface l'éclat,
Que j'aime à contempler vos ravissantes touffes d'étamines!
Vous êtes l'emblème de la pureté que rien n'a jamais souillée;
Vos teintes métalliques séduisent par leur beauté naturelle.
Des larmes de sang imitent des trous dont votre calice serait percé.
Je sais quel mérite il faudrait pour prétendre à de tels attraits;
Mais ne vous fiez pas au prince d'Orient dont les ardeurs vont venir
vous disperser.

FLEURS ROUGES A LA SURFACE DE L'EAU.

Belles au sourcil de rose, aux cils de neige,
Vous annoncez le départ du printemps.
Le Dieu des fleurs vous saisit entre ses doigts:
C'est la fraîcheur qui convenait à votre beauté.

Moi qui suis guidé par une affection sincère,
Je voudrais vous conserver toute l'année.
Mais vos plis qui tout-à-coup retombent vers la terre,
Figurent à mes yeux une robe nuptiale. *Yelo* !

REFRAIN.

Nous réjouirons-nous à la vue de cette beauté qui se renouvelle ?
Le chagrin vient suivi du repentir.
Les douze portes de l'année nous prépareront d'autres jouissances,
Mais leurs soies purpurines
Ne nous laissent, hélas ! qu'une joie trompeuse.

COUPLET FINAL.

Parmi les tasses nous contemplons ces branches fleuries,
Et le charme des vers vient s'ajouter à leurs attraits.
Mais serait-il possible de célébrer dignement
LE POIRIER A FLEURS ROUGES ?

Après qu'il eut fini de lire cette chanson, Tchangfanjou demeura très-satisfait, et il ne put s'empêcher d'en vanter l'agrément : « Vous êtes vraiment un poète divin, dit-il, vous méritez mes hommages et mon respect. »

« Une chanson improvisée ainsi dans un instant ne saurait justifier vos éloges, » dit Sse Yeoupe.

Tchangfanjou, ayant dans sa main la chanson, ne cessait d'y tenir ses regards attachés, et il continuait de la lire et de la réciter. « A la manière dont il la savoure, pensa Sse Yeoupe, on dirait qu'il veut l'apprendre par cœur. » Puis lui adressant la parole : « Un pareil badinage mérite-t-il que vous le considériez si long-temps ? Vous m'avez promis de marcher sur mes traces, ne me montrerez-vous pas votre savoir-faire ? »

« Quand je compose, reprit Tchangfanjou, il est nécessaire que je réfléchisse et que je cherche mes expressions. Je n'y parviendrais pas sans cela. Je n'ai pas la même facilité que vous. Laissez-moi passer une nuit sans dormir, et je vous demanderai votre avis sur les essais que j'aurai faits. » En parlant ainsi, il jeta encore une fois les yeux sur la chanson, et l'ayant roulée, il la serra dans sa manche. Il reprit ensuite la conversation avec Sse Yeoupe.

Il n'y avait pas long-temps qu'ils étaient à causer ensemble, quand on vit entrer un valet qui dit à Tchangfanjou que son maître l'attendait dans le pavillon des *Songes champêtres*, où il avait quelque chose à lui dire.

— « J'ai une visite chez moi, je ne saurais y aller dans ce moment, » répondit Tchangfanjou.

— « C'est votre hôte qui vous fait inviter, je vous quitte, » dit Sse Yeoupe; et il voulut prendre congé et sortir.

Tchangfanjou l'aurait bien laissé aller; mais il eut peur qu'il ne se présentât au moment même

quelque sujet bien difficile, pour lequel il manquerait d'auxiliaire ; et il jugea à propos de garder
Sse Yeoupe. «Mon frère, lui dit-il, qui vous oblige
à vous en retourner? Restez-ici quelques in-
stans; j'irai trouver mon hôte, après quoi je
reviendrai vous tenir compagnie. Ce lieu est
tranquille et retiré : personne n'y vient. Vous
pouvez vous y promener à votre aise. »

La première intention de Sse Yeoupe avait
été de tâcher d'apprendre quelques nouvelles ;
et voyant que Tchangfanjou voulait le retenir,
il consentit à rester. « Puisque vous le trouvez
bon, dit-il, faites comme vous voudrez, je de-
meurerai à m'amuser ici. »

— « Je suis bien coupable envers vous ! » dit
Tchangfanjou ; et en prononçant ces mots, il
suivit le valet au pavillon des *Songes champé-*
tres. Quand il y fut monté, Pe le reçut en lui
disant : « Maître, voilà plusieurs jours que nous
ne nous sommes vus ; je suis charmé de me
trouver avec vous. J'ai remarqué aujourd'hui
la beauté de ces fleurs, et j'ai pris la liberté de
vous inviter à venir en jouir quelques moments. »

— « Je suis, répondit Tchangfanjou, tellement absorbé par le soin de l'éducation de

monsieur votre fils, que j'ignorais que le printemps eût déjà produit de si belles choses. Je
dois à la bonté de votre excellence l'avantage
de pouvoir contempler ce bosquet parfumé : il
ne se peut rien de plus délicieux. »

— « Les hommes qui se livrent à l'étude, dit
Pe, doivent éviter une excessive application. On
finirait par épuiser ses esprits. Quand le matin
on rencontre des fleurs, ou le soir, un clair de
lune, il faut de temps à autre s'abandonner au
plaisir que font éprouver ces objets. » Il appela
ses domestiques et leur dit de tenir le coffre
ouvert au dessous des branches du poirier, afin
qu'il pût boire avec Tchangfanjou, tout en ad-
mirant la beauté des fleurs.

Après avoir pris quelques tasses : « Maître,
dit Pe, depuis que vous demeurez dans ma maison, vous avez sans doute trouvé le temps de
composer des pièces charmantes. Auriez-vous
la complaisance de m'en montrer une ou
deux ? »

— « Depuis que j'ai été reçu dans votre château, répondit Tchangfanjou, j'ai profité du
calme de ces jardins fleuris et de la tranquillité
de ma retraite pour m'enfoncer dans l'étude de
nos vieux auteurs. Mais pour des vers, je n'ai

pu encore en composer un seul morceau. »

— « Eh bien! dit Pe, aujourd'hui que nous voilà assis sous les fleurs, il ne faut pas laisser passer l'occasion. »

A ce discours qui s'accordait avec ce qu'on était venu lui rapporter, Tchangfanjou n'eut pas de peine à deviner quel serait le sujet; et comme il avait son affaire dans sa manche, il se montra tout résolu, et répondit à l'instant : « Puisque votre excellence ne dédaigne pas ce qui est commun et vulgaire, je suis prêt à lui fournir un nouveau sujet de risée. »

— « Maître, habile comme vous l'êtes dans la poésie, vous devez certainement composer d'excellentes chansons. Il y a quelques jours qu'un de mes parents, du nom de Gou, m'a envoyé deux jeunes chanteurs : leur voix est agréable, mais les paroles qu'ils chantent sont un peu surannées ; et cela finit par devenir monotone. Puisque vous vous trouvez en verve, ne pourriez-vous, maître, prendre pour sujet ce poirier à fleurs rouges, et me composer une chanson là-dessus ? Je la ferais apprendre à mes chanteurs, et ce serait du jaspe et des perles pour nos oreilles. Serez-vous assez bon pour nous procurer cette satisfaction ?

Tchangfanjou fut ravi jusqu'au fond du cœur
de cette proposition, et il répondit avec joie :
« Puisque votre excellence daigne me donner un
ordre, je ne saurais tarder à la satisfaire ; mais
je crains que vos gens ne puissent faire entrer
ma chanson dans leurs concerts. »

Pe, très-satisfait, ordonna à ses domestiques
de placer sur la table du papier et des pinceaux,
et fit verser une tasse de vin au seigneur
Tchang ; Tchangfanjou la but, et saisit le pinceau en redressant la tête d'un air délibéré. Il
écrivit en peu de temps les trois ou quatre couplets du commencement, mais quand il en vint
à ceux de la fin, il se trouva qu'il les avait ou-
bliés. Il chercha pendant quelque temps à se les
rappeler ; mais la mémoire ne lui revenant pas,
il se leva sous je ne sais quel prétexte, et passa
derrière un bosquet, où il tira, en cachette, de
sa manche le rouleau et y promena plusieurs
fois ses regards, afin de s'en rafraîchir le souvenir et d'en graver le contenu dans sa mémoire ;
puis il se hâta de revenir prendre sa place à
table, et dès qu'il eut achevé d'écrire, il remit
son papier entre les mains de Pe.

Celui-ci le considéra avec attention, et dans
son enchantement : « Cette chanson est char-

mante, s'écria-t-il, le sens en est profond, et les expressions les plus délicates du monde. Vous avez, maître, un talent fait pour l'académie, et quelque jour vous serez bien au-dessus de moi pour la fortune et les honneurs (1). »

— « Seigneur, reprit Tchangfanjou, quelle comparaison peut-on faire d'un jeune lettré, humble comme le chaume, avec les nuages brillants du firmament? vos discours me couvrent de confusion. »

Ils continuèrent la conversation sur ce ton, tout en buvant ensemble. Cependant la demoiselle Houngiu, depuis qu'elle avait reçu les deux pièces de vers *sur les saules printaniers*, n'avait pu s'accoutumer à l'écriture commune dont elle avait été choquée dès l'abord, et ayant pris du papier à fleurs, elle avait elle-même copié ces deux pièces avec le plus grand soin, et en caractères des plus élégants qu'il lui fut possible. Elle avait serré cette copie dans un sac de soie brodée, et la tenait près d'elle pour les réciter soir et matin. Elle ne pouvait s'empêcher de penser que son union avec un poète d'un mé-

(1) On n'a pas oublié que les honneurs et la fortune sont la récompense infaillible des lettrés de la Chine, et que l'Académie Impériale en est le chemin le plus court et le plus sûr.

rite aussi brillant comblerait tous ses vœux. Et toutefois, quand elle avait appris que ce jeune homme, doué d'un talent si distingué, était dépourvu d'agréments extérieurs, elle s'était dit qu'il manquerait quelque chose à son bonheur. Cette idée avait laissé quelque tristesse dans son cœur ; elle s'en affligeait chaque jour, sans vouloir faire connaître la cause de sa mélancolie.

Ce jour-là, sur l'heure de midi, sa toilette étant achevée, il lui vint tout-à-coup une réflexion : « Yansou me disait l'autre jour que ce jeune homme était si laid : mais avec tant d'esprit, je suis persuadée qu'il doit avoir quelqu'agrément dans sa laideur même. Fort heureusement Yansou n'est pas en ce moment près de moi : il faut que j'aille secrètement moi-même voir comment est ce jeune homme. Si véritablement il est tout-à-fait disgracié par la nature, je suis décidée à rompre tout ce dessein. Ce que je vais voir va fixer mes irrésolutions. »

Elle n'eut pas plutôt formé ce projet qu'elle ouvrit tout doucement la porte latérale, du côté du couchant, et descendit au jardin sans être aperçue. En approchant de la galerie des fleurs, elle entendit quelqu'un tousser. Elle s'enfonça dans un bosquet, et de-là, comme de derrière un paravent, elle jeta un coup d'œil furtif sur le bel étudiant qui se promenait tristement dans la galerie. Ce qu'elle vit de son extérieur, c'était

La démarche d'un étudiant,
La délicatesse du jeune âge,
L'air tranquille de l'automne ;
Un vêtement comme les brumes du printemps:
L'éclat d'une pierre précieuse,
Les mouvements comme les reflets du Jaspe.
Le visage respirant le soufle du printemps.
La physionomie toute poétique.
Le regard du démon des désirs.
Les membres bien proportionnés;
Si vous demandez à qui il ressemblait,
C'était à quelque dieu sorti du lotus (1).

A la vue de ce jeune homme qu'elle prit pour Tchangfanjou, Houngiu, toute charmée, ne put retenir une exclamation : « Quelle belle figure! s'écria-t-elle : comment Yansou a-t-elle pu me dire que ce jeune homme manquait d'agréments! » Elle eût difficilement pu deviner que celui qu'elle voyait était Sse Yeoupe, qui, se trouvant seul dans la bibliothéque, était venu se promener jusque dans la galerie.

Après qu'elle l'eut secrètement considéré

(1) Vers de Litaïpe, voyez le chap. 111.

pendant quelque temps, Houngiu craignit d'être aperçue de quelqu'un, et elle se retira doucement de la même manière qu'elle était venue. Elle aperçut Yansou qui accourait au devant d'elle. « Mademoiselle, lui dit la suivante, le dîner est prêt : où êtes-vous donc allée ainsi vous promener toute seule ? Je vous ai cherchée partout sans pouvoir vous trouver. »

Houngiu, tout irritée, ne lui répondit pas. « Mademoiselle, reprit Yansou, pourquoi donc êtes-vous fâchée ? »

— « Méchante suivante ! dit Houngiu, que t'ai-je fait pour que tu me trompasses ? Peu s'en est fallu que tes mensonges n'influassent sur tout le reste de mes jours. »

— « Voici qui est bien singulier ! répondit Yansou. Je vous suis attachée depuis mon enfance, vous ne m'avez jamais surprise à vous tromper. Quand est-ce que je vous ai fait un mensonge ? »

— « Si tu ne m'as pas trompée, répliqua Houngiu, dis-moi ce que tu peux trouver de mal dans la personne du jeune seigneur Tchang, mon prétendu ? »

— « Est-ce à cause de cela que vous me grondez ? Vraiment, mademoiselle, au lieu de me dire des injures, vous me battriez jusqu'à la mort, plutôt que de me faire dire, contre ma pensée, qu'il est bien. »

Houngiu se mit à la gronder de nouveau : « Indigne suivante! s'écria-t-elle, quels contes vas-tu me faire encore ? Je l'ai vu de mes propres yeux. »

— « Comment, mademoiselle, vous l'avez vu ? » demanda Yansou.

— « J'ai vu ce jeune homme; son extérieur est infiniment agréable, et il n'a pas son pareil parmi les lettrés de l'empire. Quel motif as-tu de le décrier de cette manière ? »

— « Ceci est encore plus extraordinaire, reprit Yansou. Vous avez ordinairement le regard si haut : comment se fait-il que vous l'abaissiez si fort aujourd'hui ? Prenez garde de vous tromper de prétendu, mademoiselle, et n'allez pas prendre un Lieou pour un Youan. »

— « Quel autre que lui pourrait être entré dans le jardin de derrière, auprès de la galerie des fleurs ? » demanda Houngiu.

— « Je ne puis absolument croire, reprit Yansou, à ce second jeune homme, si beau et si bien fait. Attendez que j'aie été le voir aussi. » Et en disant ces mots, elle rentra en

courant dans le jardin. Dans ce moment Sse
Yeoupe venait de descendre de la galerie, et
se promenait d'un endroit à l'autre en regardant les fleurs : Yansou vit qu'il n'y avait personne dans la galerie, et se mit à promener ses
regards du levant au couchant. Sse Yeoupe,
qui avait vu une suivante se diriger de son côté,
s'était caché dans un bosquet et l'observait sans
être aperçu. En l'examinant il remarqua :

« Des épaules comme les branches du poirier
et la taille d'un saule. Une jupe de gaze verte,
et des pendants de crêpe rouge. Sans avoir la
noble démarche d'une fière beauté, elle ne laissait pas de briller par la grâce et la vivacité. »

Sse Yeoupe l'observa pendant quelque temps,
et craignant, s'il se montrait, de l'effrayer et de
l'obliger à s'enfuir, il la laissa descendre de la
galerie, et revenant tout doucement derrière
elle, il lui dit à voix basse : « Jeune demoiselle,
qui cherchez-vous en regardant ainsi de tous
côtés ? »

Yansou retourna la tête à l'instant, et apercevant Sse Yeoupe, un jeune étudiant à la fleur
de l'âge, elle éprouva un mouvement de joie
mêlée de frayeur : « Qui êtes-vous ? lui deman-

da-t-elle, et pourquoi vous cachez-vous en cet
endroit ? »

— « Je suis ce SseYeoupe dont les vers sur
les saules printaniers n'ont pas obtenu de succès, et que la fatalité a jeté dans ces lieux.
Jeune demoiselle, ayez pitié de moi ! »

— « A en juger par votre extérieur, monsieur, vous ne devez pas être un homme dépourvu de talent : comment se fait-il que vous
ayez été dédaigné ? »

— « Mes vers incultes et négligés n'étaient
pas dignes de plaire à votre jeune maîtresse ;
mais comment peut-elle être douée d'un si
grand talent et avoir des yeux si clairvoyants,
lorsque l'homme auquel on lui voit donner la
préférence est un être ridicule ? »

— « Monsieur, ne parlez pas avec tant de
dédain du jeune seigneur Tchang. Sans doute
il ne peut en aucune manière entrer en comparaison avec vous pour les agréments de la
personne ; mais les vers qu'il a composés ont
une grâce et une élégance qui l'ont rendu lui-
même très-agréable. Ma maîtresse s'attache au
mérite et fait peu d'attention à la personne; voilà
pourquoi elle lui a donné la préférence. »

— « Si elle l'eût préféré pour son extérieur, dit en souriant Sse Yeoupe, je le concevrais encore ; mais si ce sont ses vers qui l'ont séduite, cela me paraît bien plus extraordinaire. »

— « J'ai entendu dire que ses vers avaient un agrément tout particulier, reprit Yansou; les goûts peuvent être différens. »

Sse Yeoupe fit un soupir : « Que le fatal penchant qui toute ma vie m'a fait rechercher le talent et la beauté m'a déjà causé de traverses ! s'écria-t-il. Que d'orages et de tempêtes ! J'ose élever mes regards jusqu'à une jeune beauté douée de tous les talents et de tous les attraits : je pense avec transport qu'elle est encore libre, après dix ans d'attente. Mais quel égard a-t-elle pour le mérite ? Une prévention funeste l'oblige à me dédaigner, à rejeter mes sentimens, mon ardente affection ! » Il soupira de nouveau : « Enfin, ajouta-t-il encore, pauvre lettré, ta destinée est d'être malheureux, et tes discours sont superflus. »

En entendant Sse-Yeoupe s'exprimer comme un homme profondément affligé, et qui, dans son désespoir, était prêt à verser des larmes, Yansou se sentit émue, et pour le consoler :

7.

« Je vous entends, monsieur, lui dit-elle, vous
plaindre avec amertume, et il semble que vous
reprochiez à ma maîtresse d'avoir mal jugé vos
vers. Cependant elle a pour le talent un penchant si prononcé, qu'on peut la comparer aux
génies ; et elle a, pour s'y connaître, des yeux
aussi perçants que le rhinocéros. Mais puisque
vous ne vous soumettez pas à sa décision, pourquoi ne récririez-vous pas vos premiers vers ?
J'irais les porter à ma maîtresse pour qu'elle les
voie de nouveau ; et qui sait si la perle qu'elle
a rejetée d'abord ne sera pas agréée à la seconde
fois ? »

A ces mots, Sse Yeoupe fit un profond salut :
« Jeune demoiselle, répondit-il aussitôt, si
j'obtiens de vous une telle faveur, la mort même
ne l'effacera jamais de mon souvenir. »

— « Monsieur, reprit Yansou, ne perdez pas
un instant, écrivez bien vite, et je vais rentrer. »

Sse Yeoupe courut à la bibliothèque ; il chercha un morceau de papier à fleurs, y écrivit les
deux pièces, en fit un petit paquet carré, et sortant avec empressement, il le remit à Yansou
en lui disant : « Prenez la peine, jeune demoiselle, de porter ceci à votre maîtresse, priez-la

de le lire avec toute l'attention possible et de
ne pas vouloir de mal à Sse Yeoupe. »

— « Je ferai bien exactement votre commission, » reprit Yansou. Sse Yeoupe voulait la
retenir pour lui parler encore; mais tout-à-coup
on entendit la voix de Tchangfanjou, qui sor-
tait de la collation, et qui le long du chemin
demandait à haute voix : « Ami, Liansian, où
donc êtes-vous ? »

A ce bruit Yansou se hâta de passer derrière
la galerie, et de rentrer dans l'intérieur. Sse
Yeoupe revenant au devant de Tchangfanjou :
« Je suis ici à me promener, » lui dit-il.

— « J'ai été bien long-temps loin de vous, et
j'ai manqué aux lois de la politesse, » répartit
Tchangfanjou.

— « Cela ne pouvait être autrement, » dit
Sse Yeoupe.

— « Le vieux Seigneur Pe voulait me retenir
encore pour faire la conversation, reprit
Tchangfanjou. Je lui ai dit que vous étiez ici,
et il m'a proposé de vous prier à venir vous
asseoir avec nous. Mais la collation était finie,
et j'ai craint que ce ne fût en user un peu trop
sans façon. Alors il m'a permis de revenir; et

il m'a donné le coffre que voici, afin que nous puissions nous divertir ensemble. »

En même temps il prit Sse Yeoupe par la main, et le ramena dans la bibliothéque où ils se mirent à boire ensemble en causant et en plaisantant. Ils restèrent à table jusqu'au moment où le soleil commença à pâlir, en avançant du côté de l'occident. Alors Tchangfanjou appela quelqu'un pour accompagner Sse Yeoupe, qui s'en retourna au jardin.

Pendant ce temps-là, Yansou, après avoir mis le rouleau de vers dans sa manche, était rentrée en toute hâte, et s'adressant en riant à sa jeune maîtresse : « Je vous disais bien, mademoiselle, que vous aviez mal vu. »

— « Comment avais-je mal vu ? » demanda Houngiu.

— « Vraiment ! reprit Yansou, si le seigneur Tchang était fait de cette manière, cela ne serait pas mal ! »

— « Si ce n'est pas le seigneur Tchang, qui est-ce donc ? » demanda Houngiu.

— « C'est un ami du seigneur Tchang, du nom de Sse, » répondit Yansou.

— « Et que fait-il ici ? » lui demanda encore sa maîtresse.

— « Il dit qu'il est venu pour ces vers sur les saules printaniers ; et que n'ayant pu mériter l'approbation de mademoiselle, il est ici retenu par une sorte de fatalité. »

A ce discours, les sourcils en feuille de saule de la jeune Houngiu se contractèrent, et les fleurs d'abricotier qui couvraient ses joues prirent une teinte automnale. Sans s'en apercevoir elle laissa échapper un long soupir, et s'écria : « Pourquoi faut-il qu'avec tant de mérite le seigneur Tchang soit si dépourvu d'agréments extérieurs, et que cet autre jeune homme, d'une figure si heureuse, manque absolument de talent ! Que je suis mal servie par la fortune et que le destin m'a traitée avec rigueur ! »

— « En vérité, mademoiselle, dit Yansou, cet autre jeune homme, pour n'avoir pu réussir à composer quelques vers, n'en serait pas moins tout-à-fait digne de vous. »

— « Je ne nierai pas que je ne sois touchée des agréments dont la nature l'a pourvu ; mais quel dommage que ce soit un homme de

cette espèce? Pourquoi ne se livre-t-il pas à
l'étude? »

— « C'est justement ce que je lui ai dit ;
mais il ne convient pas du tout que ses vers
soient si mauvais ; au contraire il vous en veut,
Mademoiselle, de les avoir mal jugés. »

— « Mon père et moi, nous chérissons le
talent comme notre propre vie. Quand il n'y
aurait eu qu'une belle expression, bien certainement nous aurions su la saisir et l'admirer.
Comment pourrions-nous l'avoir mal jugé ? »

— « Je ne le croyais pas non plus d'abord,
mais j'ai vu sa démarche et ses manières élé-
gantes, son air distingué, les grâces de sa personne, et chaque mot de son discours a fait
impression sur mon esprit : il m'a paru que ce
devait être un homme sensible et spirituel. Aussi
je lui ai dit de récrire ses premiers vers, pour
que je puisse vous les faire voir encore. Il ne
faut pas, mademoiselle, que vous perdiez ce
jeune homme. » Et tout en parlant ainsi, elle
tira le papier qui était dans sa manche et le
remit à sa jeune maîtresse.

Celle-ci n'y eut pas plutôt jeté les yeux,
qu'elle demeura frappée d'étonnement : « Com-

ment ! s'écria-t-elle , ils ne diffèrent pas d'un seul mot de ceux du seigneur Tchang ! »

Yansou ne fut pas moins surprise : « En ce cas , dit-elle , il ne les aura certainement pas faits ; il se sera contenté de venir les dérober. »

Houngiu demeura quelque temps à réfléchir ; elle reprit les vers pour les considérer encore : « C'est le seigneur Tchang , dit-elle ensuite , qui les a volés à ce jeune homme. »

— « Comment voyez-vous cela , mademoiselle ? » demanda Yansou.

— « Le seigneur Tchang , à la faveur de ces deux pièces de vers , a su s'introduire chez nous en qualité d'hôte : qui est-ce qui ne sait pas cela ? Puisque ce jeune homme est son ami , sans doute il est informé de cette circonstance. Comment aurait-il été copier encore ces mêmes pièces , et s'exposer au plus humiliant affront ? D'ailleurs , le seigneur Tchang a l'écriture la plus mauvaise et la plus vulgaire du monde ; et au contraire , ce jeune homme qui a tracé ces caractères avec négligence et rapidité ; sans y prendre garde et sans faire de pause , a égalé par les traits sortis de son pinceau la légèreté des dragons et des serpents ; n'est-il pas clair que c'est le seigneur Tchang qui l'a dérobé ? »

⟶ « Ce que vous dites là est extrêmement
vraisemblable : mais, mademoiselle, pourquoi
n'iriez-vous pas bien vite en faire part à monsieur
votre père, pour qu'il tire au clair toute l'affaire avec le seigneur Tchang, qu'on le renvoie,
et que vous épousiez tout de suite ce jeune
homme ? Quand vous serez mari et femme,
que vous formerez, mademoiselle, un couple
bien assorti pour la figure et pour le talent! »

— « Tout cela est fort bien imaginé, reprit
Houngiu. Mais comment veux-tu que j'aille
dire la chose à mon père ? »

— « Qui pourrait vous en empêcher ? » lui
demanda Yansou.

— « Ces deux pièces de vers d'aujourd'hui
m'ont été remises par un moyen particulier. Si
je raconte ceci à mon père, et qu'il me demande comment ces deux pièces sont venues
entre mes mains, que pourrai-je lui répondre ?
D'ailleurs nous ne savons trop encore à quoi
nous en tenir au sujet du talent de ce jeune
homme. Si nous le lui donnons pour un homme
de mérite, mon père voudra l'examiner lui-
même ; et si cette épreuve ne le satisfait pas, il
est bien clair que nous n'aurons plus aucun rapport ensemble, et si nous venons à n'en plus

avoir, quels soupçons ne naîtront pas dans l'esprit de mon père ? »

Elle avait à peine fini de parler quand une femme de chambre apporta un rouleau de papier, et le lui remit en disant : « Mademoiselle, mon maître m'a ordonné de vous apporter cette pièce que le seigneur Tchang vient à l'instant même de composer devant lui, dans le pavillon des songes champêtres. »

Houngiu prit à la main ce rouleau, et après avoir renvoyé la femme de chambre, elle le déploya, et en y jetant les yeux, elle vit que c'était la chanson sur les poiriers à fleurs rouges. Elle l'examina attentivement, et quand elle eut fini de la lire, elle ne put s'empêcher de la louer, et se livrant à ses réflexions : « Mes vers sur les saules printaniers, dit-elle en elle-même, avaient été connus au-dehors : on pouvait dire que les imitations en avaient été pillées. Mais cette chanson qui vient d'être improvisée sur un sujet indiqué pourrait-elle aussi avoir été dérobée ? »

Elle se mit à réciter les couplets, et Yansou la voyant livrée à cette occupation : « Mademoiselle, lui dit-elle, ne perdez pas de vue votre projet, et n'allez pas abandonner ce beau jeune homme! »

— « Tu ne sais pas, répondit Houngiu, ce qui se passe dans mon esprit. Si le talent de ce jeune homme ne répondait pas à sa figure, et que j'en vinsse à l'épouser, non-seulement je mettrais en défaut tous les soins que mon père s'est donnés depuis bien des années pour se choisir un gendre; mais moi-même, qui suis toute nourrie de ces imaginations poétiques, je ne pourrais jamais lui découvrir mes secrètes pensées. Je ne dois pas légèrement encourager ses espérances. »

— « A en croire ce jeune homme, dit Yan-sou, il ne manque ni de talents ni de connaissances; il se moque beaucoup du seigneur Tchang. S'il était lui-même dépourvu d'habileté, est-ce qu'il se permettrait d'en faire si peu de cas? »

— « Sur toute autre chose, je saurais à quoi m'en tenir, reprit Houngiu. Mais dans une affaire si importante, où il y va de la vie entière, on ne doit rien faire avec négligence et précipitation. A moins de l'avoir mis moi-même à l'épreuve, je n'aurais pas l'esprit en repos. »

— « Cela n'est pas difficile : répondit Yan-sou. J'ai bien vu que ce jeune homme avait conçu pour vous une passion violente. Il m'a dit qu'il n'était occupé que de vous. Sans doute il reviendra roder pour apprendre quelques nouvelles. Quand il viendra , mademoiselle , vous n'avez qu'à produire quelque sujet bien difficile. J'irai le lui porter; je lui dirai de le traiter sur l'heure , et nous verrons bien s'il a du talent ou s'il n'en a pas. »

— « Cela serait très-bien ainsi, dit Houngiu ; mais il faudra faire la chose très - secrètement , et prendre garde à n'être vu de personne ; alors tout irait à merveille. »

— « Cela s'en va sans dire, » dit Yansou. Toutes deux éprouvèrent beaucoup de joie du résultat de leur consultation. Ainsi,

Uniquement guidé par l'estime qu'on accorde au talent ,
On conçoit cent projets, on forme mille plans divers ;
Quand on a jeté les yeux sur un sage destiné aux faveurs du
    pavillon oriental ,
L'impatience a bientôt pénétré dans le salon d'occident (1).

D'après le plan qui avait été concerté entre

(1) L'orient, l'occident, termes consacrés, ainsi qu'on l'a déjà vu plusieurs fois, pour désigner métaphorique-ment les prétendus, les gendres, les amants, etc.

les deux jeunes filles , matin et soir , à chaque instant on envoyait Yansou à la découverte dans le jardin de derrière; mais Sse Yeoupe, qui ne pouvait se présenter qu'en visite , n'avait pas la liberté de venir à toute heure. Une couple de fois pourtant elle le rencontra , mais ou bien Tchangfanjou l'accompagnait , ou Yinglang était avec lui. Dans ce cas Yansou ne pouvait faire autre chose que de jeter de loin un coup d'œil et se cacher. Elle n'aurait pas osé paraître devant lui et lui adresser la parole. L'entrevue désirée n'avait donc pu encore avoir lieu.

Un jour , Pe était à la maison : quelqu'un vint lui annoncer que sa seigneurie l'inspecteur-général Yang , qui avait été avancé en grade, et qui tout nouvellement avait été nommé gouverneur de la province de Tchekiang, était actuellement en route pour aller prendre possession de cette charge , et que passant à Kinling , il s'était détourné de sa route dans l'intention expresse de rendre visite au seigneur Pe; il avait envoyé un messager devant lui pour en prévenir ce dernier , et comme il s'était lui-même mis en chemin sur les pas de son exprès, il était sur le point d'arriver.

Pe ne put s'empêcher de rire à cet avis :
« De la ville ici, dit-il, il y a soixante ou
soixante-dix milles (1); et ce vieux seigneur se
détourne dans l'intention expresse de me venir
voir. On peut dire qu'il s'entend à réparer ses
torts. Si j'allais lui faire un mauvais accueil,
ce serait moi qui donnerais à mon tour la
preuve d'un petit esprit. »

Il donna donc ordre à ses gens de préparer
sa bibliothéque pour y loger son hôte. En
même temps il commanda un grand festin pour
le traiter magnifiquement. Il envoya chercher
une troupe de comédiens. Et comme il pensa
qu'il n'y aurait personne pour lui tenir compagnie, il fut sur le point d'aller dans le village
inviter les deux magistrats de l'endroit. Mais
comme ils étaient d'un rang subalterne, et qu'il
n'était pas très-lié avec eux, il craignit que
leur présence ne remplît mal son objet, et il
aima mieux se borner à faire venir Tchangfanjou pour servir de société à son hôte. Il avait
le grade de bachelier, et rien ne s'opposait à
ce qu'il remplît cette fonction.

Ces arrangements et ces dispositions occu-

(1) Six ou sept lieues.

pèrent jusqu'à l'après-midi , et ce fut alors qu'on vit arriver le gouverneur Yang. Après les révérences d'usage, Pe et lui entamèrent la conversation par des sujets indifférents. Un festin fut servi dans la grande salle ; on y joua la comédie , et Pe retint son hôte à table dans la compagnie de Tchangfanjou.

Sur ces entrefaites , Sse Yeoupe , qui avait appris cette interruption dans les habitudes de la maison, vint secrètement rôder dans le jardin. Le concierge de la porte de derrière, qui voyait sans cesse aller et venir Sse Yeoupe, ne l'arrêta par aucune question, surtout dans un moment où tout était sens dessus dessous sur le devant de la maison, et où personne ne songeait à venir dans les jardins sur le derrière. Sse Yeoupe, encouragé par cette circonstance, s'avança donc hardiment jusque dans la galerie , et y étant monté , il se mit à promener ses regards de tous côtés.

Heureusement Yansou avait justement eu la même idée. Elle venait d'arriver pour guetter en cet endroit, quand elle rencontra Sse Yeoupe à point nommé. Sse Yeoupe ne put contenir sa joie , il s'avança promptement et faisant un salut: « Depuis l'autre jour, dit-il, où j'ai reçu de

votre part une si grande marque de complaisance, j'ai constamment tenu mes regards attachés sur ce lieu; mais je n'ai pu trouver la moindre ouverture pour apercevoir votre visage,
jeune demoiselle; j'en ai perdu l'appétit et le
sommeil. Ma douleur était inexprimable. Par
bonheur, aujourd'hui j'ai appris qu'il y avait de
la compagnie sur le devant de la maison, et j'ai
pu venir vous attendre seul ici. Je vous dois
bien de la reconnaissance de cette nouvelle
preuve de bonté, et d'être revenue comme vous
me l'aviez promis. C'est une véritable faveur que
je reçois de vous. Mais dites-moi, ces méchants
vers de l'autre jour, votre jeune maîtresse a-t-
elle daigné les honorer d'un regard?»

— « Elle les a vus, répondit Yansou; mais
monsieur, vos deux pièces et celles du seigneur
Tchang ne diffèrent pas l'une de l'autre d'un
seul caractère. Il est impossible qu'il n'y ait pas
là-dessous quelque fourberie. Quand ma maîtresse s'en est aperçue, elle a été frappée de
surprise, et elle a voulu que je vous priasse de
lui expliquer ce que cela signifie. »

Sse Yeoupe, dans le plus grand étonnement,
s'écria: « Est-il possible! Je m'étonnais aussi que
les vers de Tchangfanjou eussent pu trouver

grace aux yeux de votre maîtresse! Il faut, jeune demoiselle, que vous preniez la peine d'aller lui dire la chose. C'est bien véritablement moi qui suis l'auteur de ces deux pièces, et c'est Tchang-fanjou qui me les a dérobées, je ne suis pas capable d'un pareil trait. »

— « Où est la vérité et où est le mensonge? dit Yansou, et comment les distinguer sur de simples discours? »

— «Rien n'est plus aisé, répliqua Sse Yeoupe. Si ces deux pièces étaient l'ouvrage du seigneur Tchang, après qu'elles ont été goûtées par votre maître et par sa fille, quel imbécile faudrait-il que je fusse pour les piller et pour venir les présenter une seconde fois? »

— « C'est la réflexion que ma maîtresse a faite l'autre jour, répartit Yansou. Mais une chanson sur les poiriers à fleurs rouges, qu'on a fait faire devant soi au seigneur Tchang, et qu'il a composée au moment même où le sujet lui a été donné: cette chanson est-elle sortie de la même main? et serait-ce encore un de vos ouvrages qui vous aurait été dérobé? »

A cette demande Sse Yeoupe se mit à rire: «Quant à la chanson sur les poiriers à fleurs rouges, c'est bien un autre vol encore que l'on m'a fait! »

— « Comment cela se pourrait-il ? demanda Yansou un peu surprise. C'est dans le pavillon des songes champêtres que mon maître, ayant aperçu des poiriers en pleine fleur, a eu, sur l'heure même, l'idée de faire faire une chanson à ce sujet par le seigneur Tchang. Les arbres de cette espèce sont assez rares partout ailleurs. Comment en auriez-vous eu connaissance, monsieur, et comment auriez-vous d'avance composé une chanson pour que le seigneur Tchang vous la dérobât? »

— « L'aventure de cette chanson n'a rien d'embarrassant pour moi, dit Sse Yeoupe. Le jour même où je vous ai rencontrée, jeune demoiselle, le seigneur Tchang m'avait envoyé chercher de très-grand matin ; il m'avait conduit dans la galerie, et m'avait fait voir dans l'intérieur ces poiriers à fleurs rouges. Il m'avait ensuite tourmenté pour composer... Moi qui étais plein d'amour pour votre maîtresse, j'ai été ému à l'aspect d'un si bel objet, et j'en ai pris le sujet d'une pièce que j'ai composée à l'instant même. Qui m'eût dit que je travaillais à l'habit de noce du seigneur Tchang ? Voilà bien l'aventure la

plus ridicule et la plus odieuse ! Mais, jeune
demoiselle, si vous ne voulez pas me croire,
Tchangfanjou n'est pas mort encore: demain,
sans plus tarder, j'irai le défier en face, et l'on
verra bien alors où est la vérité et où est le
mensonge. »

— « Voilà une affaire bien embarrassée, dit
en riant Yansou. Comment mon maître et ma
jeune maîtresse auraient-ils pu la débrouiller?
Sans l'éclaircissement que nous venons d'avoir,
peut-être seraient-ils tombés dans les piéges
d'un intrigant. Ne vous désolez pas, monsieur,
je vais rentrer et raconter toutes ces choses à
ma maîtresse, et je ne doute pas qu'elle ne soit
aussi touchée du vrai mérite que de la figure de
votre seigneurie. »

Sse Yeoupe fit une nouvelle salutation : « Jeune
demoiselle, dit-il, je place absolument en vous
mon espérance, et vous avez droit à toute ma
gratitude. »

Yansou s'en alla, et au bout de quelque temps
elle revint en hâte : « Mademoiselle dit que la
conduite du seigneur Tchang est fort équivo-
que; mais que vos assurances, monsieur, ne la
satisfont pas encore pleinement. Toutefois, sans
discourir davantage, puisque vous êtes doué

d'un talent véritable, voici un sujet : elle voudrait que vous prissiez la peine de composer là-dessus. Êtes-vous d'humeur à vous soumettre à cette épreuve devant moi ? »

A cette proposition, Sse Yeoupe, l'air riant et ravi jusqu'au fond du cœur : « Si votre maîtresse, s'écria-t-il, daigne m'accorder une telle faveur, et me mettre elle-même à l'épreuve, ce sera pour moi une triple vie de bonheur. Veuillez bien achever, jeune demoiselle, et donnez-moi vite le sujet. »

Yansou se mit à rire : « Ne soyez pas si joyeux, monsieur, dit-elle. Le sujet que mademoiselle vous propose n'est pas très-facile à traiter. » Et aussitôt elle tira de sa manche une feuille de papier à fleurs, puis un pinceau à manche barriolé, qu'elle remit à Sse Yeoupe. Ensuite elle prit une ancienne écritoire, un vase d'eau et un bâton d'encre, qu'elle posa sur une grosse pierre, en ajoutant : « Ma maîtresse dit que les anciens poètes atteignaient sans peine au septième pas (1). Puisque vous vous estimez si heureux, monsieur, sans doute vous n'épargnerez pas votre peine en composant un morceau. »

(1) A la fin d'un vers de sept syllabes.

Sse Yeoupe prit le papier pour le développer et le pinceau pour se mettre à écrire, sans trouble et sans précipitation. Il allait dépendre de lui de se faire connaître pour un vrai poète et pour un homme à talent. Ainsi :

Les ruses de la sottise triomphante
Ne durent pas au-delà d'une heure.
Le temps seul dissipe les ruses,
Et la sottise reste en butte aux railleries.

On verra dans le chapitre suivant comment Sse Yeoupe s'y prit pour composer la pièce qui lui était demandée.

FIN DU TOME SECOND.

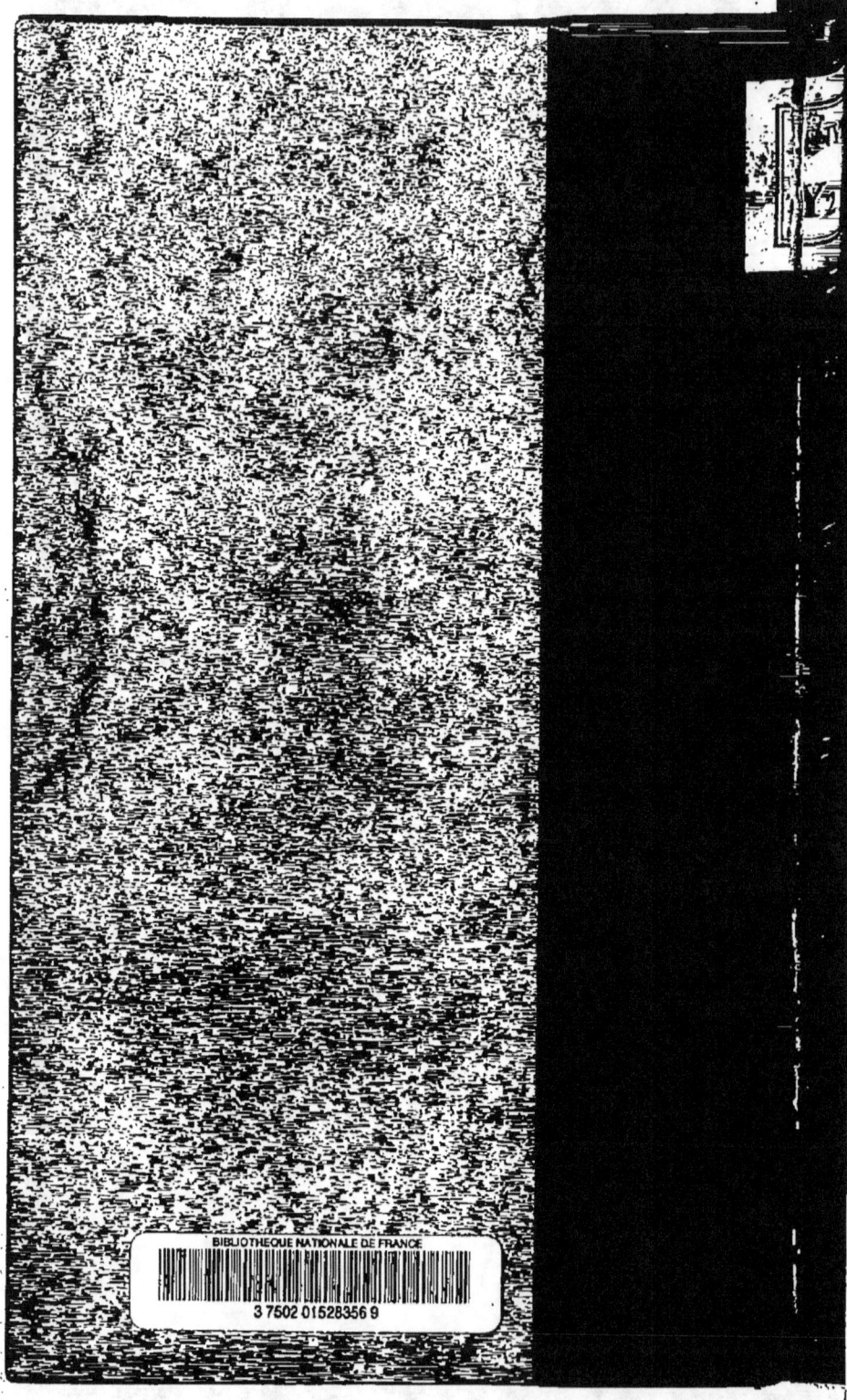

www.ingramcontent.com/pod-product-compliance
Lightning Source LLC
Chambersburg PA
CBHW070850030726
47504CB00005B/1288